La langue des oiseaux

DU MÊME AUTEUR

L'incandescente, roman, Grasset, 2016.

La Survivance, roman, Grasset, 2012 ; J'ai lu, 2012.

Elles vivaient d'espoir, roman, Grasset, 2010 ; J'ai lu, 2012.

Les Enfants Grimm, récit, Éditions Bernard Barrault, 1989.

Bambois, réédition, récit, Stock, 1979.

Petit paysage avec la tempête, récit, Stock, 1979.

De toutes les couleurs, récit, Stock, 1976.

Bambois, la vie verte, récit, Stock, 1973 ; J'ai lu, 1975.

CLAUDIE HUNZINGER

La langue des oiseaux

ROMAN

J'AI LU

Pour Y. W.

Pourriez-vous me dire comment grandir – ou est-ce intransmissible – comme la Mélodie – ou la Magie ?

Emily DICKINSON, *Lettres*

Lys ! et l'un de vous tous pour l'ingénuité.

Stéphane MALLARMÉ,
L'Après-Midi d'un faune

Non ! Poète seulement !
Une bête rusée, sauvage, rampante,
qui doit mentir :
qui doit mentir sciemment, volontairement,
envieuse de butin,
masquée de couleurs,
masque pour elle-même,
butin pour elle-même.

Frédéric NIETZSCHE,
Ainsi parlait Zarathoustra

Je vous dis que ça sent la destruction.

Charles BAUDELAIRE,
cité par Jules RENARD, *Journal*

L'annonce

1

La nuit où j'ai rencontré Kat-Epadô, j'étais seule dans une baraque isolée, porte fermée à double tour. Autour de moi, la tempête. À perte de vue, des forêts.

Je venais d'arriver. Après avoir atteint les Marches de l'Est, j'avais quitté l'autoroute de Paris et je filais au beau milieu de l'automne dans une lumière qui ne venait pas du soleil mais qui sortait des arbres, ils s'étaient allumés, ils émettaient du jaune d'or, du jaune soufré, du cramoisi, et la terre surpassait en éclat le ciel. Et moi, j'étais partie. Je l'avais fait. J'approchais des montagnes. J'allais bientôt les toucher. Je m'étais alors enfoncée dans une vallée transversale, quand tout s'était obscurci et qu'une attaque de neige, dense, inexplicable, m'était tombée dessus comme pour me contrecarrer. Au début, les flocons fondaient en se posant sur la route étroite et noire. Puis ils n'avaient plus fondu. La nuit était venue. La voiture roulait sans bruit, très lentement, au pas. Quelque chose la frôlait. Les essuie-glaces balayaient des giclées de duvet. Le GPS s'était tu. Je tournais, virais en silence, tout en montant vers un col à travers des sapins incroyablement hauts et sombres. J'espérais n'avoir pas à chaîner juste au moment où une pancarte m'indiqua la piste à prendre à gauche, menant droit à la baraque soudain surgie dans mes phares. Je les ai éteints. J'ai sorti mon paquet de cigarettes. Mes doigts tremblaient. Au moment où j'ai ouvert la portière sur les montagnes enneigées, j'ai failli remettre le moteur en route. Trop de silence. Tout, effacé. Mais j'ai résisté, et pour ne pas pleurer j'ai serré mon poing, m'exhortant, tu as bien fait de partir, tu as bien fait !

L'intérieur était humide, une seule grande pièce où traînait une odeur de moisi et de méchanceté, va-t'en vite. J'ai fait du feu dans le poêle en fonte, journaux, petit bois, allumettes, et l'impression s'est dissipée. Puis, j'ai éteint l'ampoule crue qui pendait du plafond, transformant la baraque en cible illuminée au cœur de la nuit, et les flammes par la vitre du foyer ont projeté de grandes lueurs rougeoyantes sur les murs, et je me suis sentie mêlée à la pénombre, enfin disparue. Le lit de camp datant de la guerre de 40, les deux chaises, la table, qui s'étaient lentement animés, m'observaient du regard vague des clandestins. Je suis restée un long moment, assise par terre près du feu, les genoux entre mes bras. J'ai pensé, j'y arriverai, je tiendrai, tout en revoyant la femme noire, énorme, de la ligne 4 du métro qui, la veille au soir, alors que je venais de claquer mon congé au nez de Thomas et que je tentais de monter dans une rame bondée de corps humains, m'avait tendu la main, attirée à elle comme à un baobab, m'y avait rivée de son bras, ténèbres, étoffes, et qui, quand il m'avait fallu redescendre, m'avait bénie, parfums de myrrhe, avait crié pour moi d'une voix puissante *Porte ! Porte !* m'indiquant la bonne direction. Aussitôt arrivée chez moi, j'avais sous-loué pour un an mon studio de Gentilly à une amie qui n'attendait que ça, empilé mes conteneurs, plié ma literie, bouclé mes sacs vite prêts. Et le lendemain, au début de l'après-midi, j'avais abandonné Paris. La voiture avait fait un bond en avant, et très vite le paysage s'était déplié, étiré, galopant à mes côtés. J'avais dépassé ma peur, j'étais enfin partie. Et j'avais tracé, tracé, malgré l'attaque de neige, jusqu'à la cahute.

2

Après la neige, on annonçait du vent. Il s'était levé. Ma première nuit là-bas, la tempête y allait. Je me sentais de son côté, hargneuse. Parfois, j'aurais pu tout insulter, saccager, détruire, pour que tout renaisse autrement. Cela faisait trop longtemps que nous suivions lâchement notre ruine, le soir, aux actualités, tandis que des pans entiers de la banquise se détachaient en direct sous nos yeux, charriant nos dernières ourses blanches. Nos dernières illusions. Mais la plupart du temps je n'éprouvais qu'une sorte d'amertume désolée : j'avais revu mes aspirations à la baisse. J'étais entrée dans le rang. Il fallait gagner ma vie. Comment avais-je pu en ressortir ? C'était fait. Pour une année au moins.

Une fois le feu lancé, entre deux rafales de neige, je suis sortie chercher Emily Dickinson laissée dans la voiture. Je l'ai transportée à l'intérieur de la baraque. Je l'ai déposée sur le plancher. Poèmes et lettres, leurs différentes traductions en regard du texte original, ont alors formé un petit tas, une présence. Je suis ressortie prendre les draps, le duvet en tissu camouflage. Et mon ordinateur.

C'était la nuit du samedi 27 octobre, celle qui allait nous faire passer de l'heure d'été à l'heure d'hiver, une nuit qui serait plus longue que les autres d'une heure qui n'existe pas, et cette heure de pure fiction y ouvre un espace-temps bizarre, y crée un trouble. Et j'avais du mal, à vrai dire un vague à l'âme insurmontable, à me retrouver en pleine forêt dans la seule compagnie d'un ange américain du XIXe siècle, qui sur la couverture des deux Corti, l'un sépia, l'autre gris, comme dédoublé, ne me regardait pas. C'est alors que j'ai synchronisé mon iMac 27 pouces à mon téléphone pour voir si le réseau passait comme on me l'avait promis, il passait. J'ai allumé l'écran.

Elle, Kat-Epadô, n'avait jamais entendu parler d'Emily Dickinson. De Bashô, si. De Ryokan aussi dont elle m'apprendra plus tard à prononcer le « R » initial comme une sorte de « L », les deux lettres confondues en une sonorité unique. En fait, elle lisait peu. Elle ne lisait pas. Elle passait facilement pour une fille d'aujourd'hui, de la nouvelle civilisation, captivée par les fringues, vendeuse de vintage sur eBay, spécialiste de la marque japonaise Comme des Garçons, une sorte de groupie de l'astre Rei Kawakubo. Pourtant, dans la décharge planétaire d'eBay, elle irradiait d'émotion, de singularité, de grâce, mais personne ne prêtait attention à ses étranges petites phrases, tous scotchés par les vêtements qu'elle présentait, n'en ayant rien à faire des textes qui les accompagnaient pour les décrire.

3

J'avais un master d'histoire de l'art, quarante-trois ans depuis peu, et un emploi de correctrice (dans un quotidien) que je venais de lâcher. J'avais aussi de quoi vivre un an, et un premier roman qui venait de paraître au milieu de cinq cents autres. Me voir publiée m'avait donné une audace inconnue, de somnambule, et soudain un vague effroi qui m'avait réveillée, car je venais d'apprendre, déjà sur la route, que j'aurais à revenir à Paris le temps d'un saut sur un plateau télé y parler de mon livre. La question terrifiante était moins ce que j'allais dire que ce que j'allais me mettre sur le dos. Il me faudrait un truc cavalier, vif, dégagé, ai-je pensé, un truc ironique qui exige de l'audace, car dans de tels cas, s'habiller c'est beaucoup plus que choisir un vêtement, c'est fomenter des pouvoirs de chaman, de sorcière, de Peau-Rouge, ou alors afficher la désinvolture d'un aristocrate devant la mort.

Je me suis donc installée devant l'écran et j'ai filé sur eBay voir les vêtements d'occasion. J'ai tapé « Comme des Garçons ». Un seul entre tous m'a plu. J'ai atterri chez Kat-Epadô, le pseudo d'un vendeur. Là, une seule vignette, celle d'un blouson. Voyons. Bien. Puis j'ai lu la description. J'ai entendu *scratch !* Une musique en moi ralentit, passa au grave, accéléra, passa à l'aigu, et j'ai senti que cet ange d'Emily Dickinson tendait l'oreille, elle aussi.

Comme des Garçons Blouson noir

Il est en laine noire pour le torse très menu.
En velours de coton noir pour les épaules matelassées, incroyablement larges et comme musclées.
Il renverse l'ordre ordinaire des choses : une femme adorable en homme costaud (^^ !).
Grâce à lui, j'ai fait fuir des molosses.
Peur de rien.
Il se ferme d'un zip.

On était samedi soir. Les enchères allaient commencer. Il me restait quelques secondes, j'ai enchéri, et encore enchéri, et le blouson, je l'ai eu. Là, il disparut, aussitôt remplacé par un autre vêtement, accompagné d'un nouveau texte qui resterait en lice une semaine.

CdG Robe très droite

C'est une pauvre robe étroite et maigre avec des trous.
Elle a un trou sur le col à droite.
Un sous le col à gauche.
Un vers les genoux (réparé par moi).
Un sous les genoux (non réparé).
Elle est en laine légère d'un bleu très foncé et s'ouvre jusqu'à la taille par six boutons.
Même vers la poitrine, elle est droite.
Même vers les hanches, elle reste droite.
Son charme, c'est la sévérité.

J'ai envoyé un message à Kat-Epadô, manifestement une femme, pour mettre au point l'achat, ajoutant que j'avais aimé le texte de son annonce autant que le blouson. Et tout autant le texte de la robe. Que j'allais les imprimer. J'avais signé ZsaZsa, mon pseudo et surnom dans la vie. Quelques minutes plus tard, le chiffre 1 en rouge s'affichait dans ma boîte aux lettres et Kat-Epadô me disait combien je venais de l'encourager. Elle aussi allait imprimer mon message. C'était signé Sayo, son prénom.

L'écran affichait en haut à droite dim. 02:06. L'heure de pure fiction.

4

Ce fut une nuit bruyante, de grand voyage, une nuit de train lancé à travers les continents, emportant la montagne dans le vacarme de sa soufflerie. Au réveil, quand j'ai ouvert la porte, la neige avait fondu, et des arbres, les couleurs s'étaient envolées. Toutes. Elles traînaient dans les coins. J'ai fait le tour de la baraque. C'était un de ces abris en bois, 6 m × 6 m, dessiné par Jean Prouvé pour les sinistrés des bombardements de 1945, en Lorraine, une boîte de planches brutes maintenues par des portiques intérieurs en acier. On en trouvait encore dans les environs de Saint-Dié-des-Vosges, il y a peu. Depuis, ces abris avaient été rachetés par des marchands d'art et des collectionneurs comme s'il était du destin des utopies même les plus austères d'être digérées par le capitalisme. Pourquoi cet abri-ci avait-il été oublié ? Pourquoi n'était-il pas à Miami ? À peine reconnaissable sans doute dans les pages des gîtes à louer avec son mur en parpaing remplaçant une des parois qui avait dû pourrir. Il était posé sur de courts pilotis de pierre qui l'isolaient du sol et ménageaient sous son socle une sorte de réserve. Pratique, il se chauffait vite. Il avait deux fenêtres, mais plus de volets, un toit de tôle, et surtout ce quelque chose d'âpre, de peu rassurant, lié à son économie d'urgence, pour pauvres, qui me l'avait fait choisir. Je m'étais sentie invitée à faire partie d'une confrérie secrète, *existentielle*, batailleuse, cap ailleurs.

Le bourg était à vingt minutes. J'ai failli rentrer dans un arbre énorme, tombé au milieu de la route avec toute sa couronne de plumes cramoisies, l'évitant de justesse en mordant sur un pré. Au supermarché, grosses courses élémentaires. Ne plus en parler avant des jours. Avoir de quoi vivre de peu un bon moment – pour tenir le plus longtemps possible.

Au retour, je me suis installée. En premier, j'ai sorti de la voiture ma hache neuve, trouvée à la quincaillerie, et je l'ai plantée dans le billot qui trônait au milieu des stères de bois flanqués n'importe comment sous le socle. Elle se mit à briller férocement. Joyeusement aussi. Puis j'ai rangé mes provisions et mes affaires (pulls, bottes, anorak) dans les rayonnages du placard, et j'ai aligné au sol les conteneurs de ma papeterie. Ensuite, j'ai recouvert la table rectangulaire du tapis de nomade, tissé de couleurs, que j'emportais partout, et il s'étala lourdement tout autour sur le plancher, garantissant entre ses pieds la possibilité d'une cachette. Posés dessus, l'imprimante, l'écran.

À première vue, j'étais partie seule. Faux. J'avais emporté des livres. Des livres particuliers, écrits par des insoumis de naissance : des poètes. Une Américaine, Emily Dickinson, je l'ai déjà présentée. Et deux Chinois du VIIIe siècle, Li Bai et Du Fu (autrefois, on écrivait Li Po et Tu Fu). Et j'y avais joint un Russe du début du XXe siècle : Isaac Babel. Ainsi, en réalité, nous étions cinq dans cet abri, plus le grondement terrible de l'Histoire que deux d'entre eux contenaient.

J'avais aussi emporté une paire de jumelles et le Peterson, car j'avais un programme en allant là-bas : traduire mes Chinois, observer les oiseaux.

5

Depuis longtemps, à Paris, je couvais une crise de refus. Ce n'était pas la vie dont j'avais rêvé tel un immense territoire à inventer. Non, c'était la vie sans issue. Bloquée. Depuis longtemps je pensais qu'il vaudrait mieux tenter un séjour solitaire, aventureux, dans les montagnes. Pour y faire un essai. Ouvrir une parenthèse. Prendre la vie dans ce qu'elle a de plus précaire, de mineur, de donné. Pas seulement pour quitter les sales temps. Thomas aussi. Thomas surtout. Quelquefois j'aurais pu le tuer. J'entendais encore son ricanement quand je lui avais annoncé : Je vais partir, c'est bien mieux que de se tapir en attendant un papier sur mon roman dans les *Inrocks*, d'ailleurs, j'en ai assez de Paris, j'en ai assez de dire non à tout, je n'ai pas ma place ici. Je vais me tirer. Il avait répondu : Où ça, au Montana ? Rejoindre les *nature writers* ? Comme s'il s'agissait d'une secte. Ce qui m'avait poussée encore plus vite à rompre, d'autant que j'avais trouvé un lieu où me retrancher, cette fois. Cela faisait plus d'un mois que j'avais découvert la baraque.

Thomas est un garçon amer, négatif, corrosif, pour qui tout est déjà perdu, et de cette perte, il n'en finit pas de se repaître, dès qu'il y a de l'échec, c'est à mordre, à ronger, à venger, c'est à lui. Étrangement, quand Thomas se met en mode destruction, cela me donne à chaque fois beaucoup de force, parfois même des ailes, car j'ai l'esprit de rébellion très poussé, dans l'autre sens, le léger. Peut-être Thomas est-il ma contradiction. Moi, la sienne. Sans doute avons-nous besoin l'un de l'autre. Mais besoin aussi de nous quitter. D'ordinaire, je le laissais là, une semaine, un mois, à fonctionner seul. Je n'ai jamais redouté l'isolement. Je n'ai jamais été d'aucune bande. De mon adolescence à Gentilly, je n'ai gardé aucune attache. Au fond de moi, je conserve tout autre chose, un savoir indestructible qui me vient d'une enfance solitaire, avec jardin, où j'ai vu le monde (tout ce qui n'est pas humain) se tordre devant moi, extasié, comme le chat de Kafka.

Et quand Thomas s'était mis à émettre quelques sarcasmes sur les désaccordées à l'état du monde, sans réflexion critique, et qui préfèrent ne plus le voir (puisque pour lui, le monde est un concept exclusivement humain), j'avais aussitôt remonté mon jean tout en me levant d'un bond, les deux en un seul geste, comme un éclair, et tandis qu'il continuait ses railleries, j'avais ramassé le reste de mes vêtements en un second éclair. C'est quoi le mystère, ZsaZsa ? Où tu vas si loin ? Au Kamtchatka ? Et ton premier roman ? Et ta carrière ? avait-il continué avec un ton qui contenait à la fois de la fausse considération, un mépris profond et de l'anticipation funèbre. Là-dessus, j'avais pris le métro, rencontré la femme-baobab qui avait crié pour moi *Porte ! Porte !*

6

Dès le premier après-midi, je suis allée explorer les environs, emballée d'un vieux loden qui couvrait mes bottes, l'air d'une SDF des bois. Je n'ai croisé personne. Forêts, forêts. Je marchais, je marchais. Je pensais à Thomas. Pas de message de lui. On jouait aux esprits forts, à qui tiendrait le plus longtemps sans demander à l'autre des nouvelles. Je pensais à mon père. J'avais ses jumelles au cou, son Peterson en poche, son manteau sur le dos. Et son âme, où était-elle ?

Je prenais toujours sur moi un carnet. J'y inscrivais les menus événements dont le présent me bombardait, ses impacts minuscules, ses éclats de couleur. D'humeur. Je savais que je les utiliserais un jour.

Cafard. Peu d'oiseaux. Seulement des bandes grises qui pillent en silence les cimes des sapins.

J'aurais voulu apprendre à distinguer les oiseaux à leur chant, ce que je savais déjà un peu mais ne pratiquais pas assez. J'ai toujours envié ceux pour qui le monde parle en langues. C'est tellement facile, disait mon père, tu tends l'oreille, ton ouïe s'affine, et alors, comme une érudite de la poésie des Tang, tu sauras distinguer la langue du rouge-gorge de celle du troglodyte, celle de Du Fu de celle de Li Bai. Mon père, Élie, n'avait pas seulement été professeur en langue, littérature et civilisation chinoises, mais aussi ornithologue amateur. Ce qui allait ensemble. Je me souviens, quand il m'avait initiée aux idéogrammes, il m'avait dit que celui qui en aurait inventé l'écriture aurait observé les empreintes des pattes des oiseaux. Et quand Élie m'avait appris à reconnaître leurs chants, il les avait comparés à des poèmes en langue tonale de la dynastie des Tang, monosyllabes, huit tons, accord des tons, rythme interne, césure, pairs et impairs, mouvement déroulé savamment. J'ai conservé un studio à Gentilly au-dessus de l'appartement qu'il louait, et tous ses livres chinois, et ses catalogues de ventes, ses catalogues de musées, dont ceux du musée de Taipei bourré des trésors emportés dans sa fuite par Tchang Kaï-chek ; et ses dictionnaires chinois-français ;

et le gros Dai Kan-Wa Jiten et le Ricci ; et son long loden vert.

Quelque chose, d'un bond, traverse le chemin noir, boueux.

Un oiseau invisible discourt très fort. Pas le temps de l'identifier. Il se tait.

Trois jours plus tard, la poste où j'étais passée signaler ma présence m'appela, et une factrice au visage becqueté de piercings m'apporta le blouson expédié du Havre. J'ai vérifié dans la vitre d'une fenêtre s'il m'allait. Il m'allait. J'aimais sentir sur mes épaules ses épaules matelassées, capables de faire fuir les molosses ; ouvrir et fermer son zip brillant ; toucher son lainage d'une exquise finesse ; m'absorber dans son noir qui chatoyait de manière incompréhensible. Au cœur de cette cahute équipée néanmoins d'une cabine de douche, d'un frigo et d'une plaque électrique, il semblait, lui, venir d'une autre planète.

Me fabriquer des rideaux, avec du papier A4. Occulter les vitres.

J'avais compté au début sur le blouson pour vaincre un sentiment d'alarme. Les premiers temps n'avaient pas été agréables du tout. Se retrouver seule, entourée de forêts percées de nombreux lacs comme autant de trous noirs absorbant toute lumière, parsemées de marécages comme autant de flaques de sirop contre la toux, traversées de formes en fuite, inquiétées d'autres formes aux aguets ; de forêts où quand un humain passe, c'est encore plus inquiétant ; eh bien, habiter de telles forêts, gonflées d'imaginaire autant que de pluie, cela demande un peu d'adaptation. La première semaine, j'ai crevé de peur, ne m'endormant qu'avec le jour. Le soir, avant de fermer la porte, je regardais sous le socle, entre les plots, comme on regarde sous son lit, et j'aurais préféré dormir dehors, m'y sentant mieux cachée que dans le piège que me semblait devenir, la nuit, cette baraque. La présence de la hache n'arrangeait rien. Encore moins, celle du blouson. Posséder un objet investi d'un pouvoir magique contre d'éventuelles attaques de malfaiteurs, d'assassins, de fous, surtout de fous, c'est posséder chez soi un fusil chargé, il vous persuade que tout peut arriver. Et on a peur bien davantage.

Alors, je me suis forcée à la réalité. J'ai récuré la baraque. J'ai suspendu des stores de papier que j'avais fabriqués. J'ai rentré le bois après l'avoir fendu sur le billot avec ma hache brillante, évitant de penser que j'aurais pu fendre tout aussi bien le crâne d'un intrus.

Un tracteur passe, chargé de paille.

Le samedi suivant, 3 novembre, je me suis installée devant l'écran que je n'avais pas allumé de la semaine. Je suis partie de *Fauvette à tête noire*, j'ai bifurqué vers *Jean Prouvé*, j'ai transité par *Actualités*, puis j'ai filé sur eBay où j'ai attendu les enchères de Kat-Epadô, et comme dans une pièce de Shakespeare où tout se joue sur la scène du rêve, où le rêve, la réalité et la forêt ne font qu'un, j'ai vu la *Robe au charme de sévérité* disparaître, aussitôt remplacée par un nouveau personnage, un *Chapeau*.

CdG Chapeau noir

Il est en feutre épais. Noir.
Sa forme est celle d'une courte corne.
Porter cette corne à l'arrière pour se protéger des coups dans le dos et du poignard des assassins.
Regarder devant soi.

J'ai imprimé l'annonce tant elle semblait s'adresser à moi. Chaque samedi soir, il m'en arrivait une nouvelle. Cela en faisait déjà trois. Je me souviens de ma stupeur : il y avait quelqu'un, au loin, dans le Grand Vrac du consumérisme. Vivant.

7

Le jeudi 8 novembre, descendue du TGV Saint-Dié-des-Vosges/Paris, revêtue du blouson, je me suis rendue à Saint-Cloud. À l'accueil, des filles ont surgi, on vous attendait, vite, et elles me donnèrent le bras pour me guider à travers des grottes en enfilade plongées dans le noir, et partout des paquets de serpents électriques, enroulés, déroulés, grouillaient, et il fallait les enjamber. Une lumière. La loge. Déjà on vient me chercher pour le maquillage. Le miroir semble compatissant. Une nouvelle ombre me ressort de là, me fait enjamber d'autres nœuds de serpents, traverser d'autres grottes noires, avant de me lâcher à l'orée d'un plateau éblouissant où je découvre les invitées, trois filles, chacune pour y parler de son premier roman. L'une d'elles, publiée chez Minuit, observant mon blouson, murmura : Quelle idée d'avoir mis mon petit haut de dentelle, tandis que je m'enfonçais dans le chewing-gum blanc d'un faux fauteuil Le Corbusier, cerclé d'acier, d'où il ne fallait plus bouger.

Je ne sais pas ce qui s'est dit. Je sais seulement que ce fut mon tour. La question était : *Est-ce que les livres nous regardent ?* Je savais que les tableaux, eux, oui, les tableaux que nous voyons nous voient du fond de leur éclat lointain – même quand ils sont proches. Mais pas les livres. Je ne me suis jamais sentie regardée par Robert Walser, Franz Kafka, Roberto Bolaño, ni par Li Bai, Du Fu ou Emily D. Les livres n'ont pas d'yeux. Ils sont aveugles. Ils ne nous jugent pas du fond d'une tombe comme si nous étions Caïn ; ils ne nous observent pas du haut d'un plafond telles des caméras de surveillance. Au contraire, ils nous montrent leur dos, tournés ailleurs, vers le secret. Nos lumières ne les attirent pas, ils émettent la leur, radioactive, qui éclaire jusqu'au mal dont nous sommes pétris et que nous leur avons confié. Ils sont profonds. Des puits. Ils sont l'asile de nos douleurs, de nos blessures. De nos pires folies. De nos déraisons. De nos voix les plus sombres. Les livres n'ont pas d'yeux, ils ont des voix. Il arrive que ces voix sortent de leur bouche d'ombre, nous parlent, oui, et ça, je l'expérimentais sans cesse. Souvent les livres me parlent, et parfois d'une voix argentine, d'une légèreté enfantine, comme exhalée d'un caveau. Mais de tout cela je n'ai rien pu dire, j'ai seulement répondu non, les livres ne nous regardent pas ; et je répétais, n'arrivant plus à passer à autre chose, j'en étais ridicule, c'était impressionnant, je répétais non, les livres ne nous regardent pas, tout en me sentant expédiée en pleine catastrophe, ailleurs, butée, serrée, bloquée, dans mon blouson magique, lequel avait sans doute pour moi d'autres impénétrables desseins. Et ensuite je suis restée muette comme une attardée mentale. Jusqu'à la fin.

Je ne sais pas non plus comment j'ai rejoint la gare de l'Est, cherché un hôtel. Un peu plus tard, je me suis entrevue dans le reflet de la vitre d'une brasserie, seule, lamentable, mon portable en panne, dans l'impossibilité d'inviter quiconque à partager mon échec. Thomas n'avait pas supporté sa solitude. Un SMS m'avait avertie qu'il était parti pour Berlin. Réfléchir. « Parce que écrire est avant tout une activité intellectuelle et pas la production d'objets destinés à un marché saisonnier. » Et vlan ! Une amicale façon d'achever de me couler ? De se venger ? Sans doute. J'avais fait de Thomas le personnage principal du livre dont j'étais venue parler, et je l'y avais fait mourir, d'ailleurs un peu trop vite, au beau milieu d'un monde ruiné.

Le lendemain, dans le train du retour, je me demandais si le but caché de la fin un peu expédiée de mon premier roman n'avait pas été, avant tout, de me débarrasser de Thomas vraiment, m'ouvrant ainsi le chemin menant à la baraque. Il se peut qu'un roman soit plus que divinatoire : une ruse toute-puissante, enfantine, non pour prévoir la réalité, mais pour prendre sur elle le pouvoir. La faire advenir. C'est l'*effet du dire*. Thomas, s'il m'avait entendue penser, aurait ricané : Ne fais pas la sophiste, ZsaZsa. Surtout, ne théorise pas, ça ne te va pas.

De toute façon, je ne pensais déjà plus à mon livre, ou plutôt j'essayais de ne plus y penser tellement il me faisait presque horreur. Il était derrière moi, et moi dans le train, direction la solitude. Le train n'en fuyait que plus vite. Je ne savais pas que le hasard m'avait catapultée au fond, dans le Puits, cette case du jeu de l'oie, au milieu du labyrinthe, où il faut attendre qu'un autre joueur tombé à son tour vienne vous délivrer.

8

Je me suis donc retrouvée seule, là-bas dans les arbres, et pour longtemps, mais j'avais enfin un coin où organiser mon campement et rallumer un feu personnel, minuscule, intérieur, et tant pis si c'était au fond d'une des plus ingrates provinces qui soit et dans un abri pourri.

Le plan de la baraque est carré. Le poêle en fonte est placé au centre. Les murs sont des panneaux de planches, sauf un, fait de parpaings. La forêt tout autour paraît très sombre.

Quand, oubliant tout chemin, on monte droit devant soi, on débouche sur des pâturages et la vue est à 360°.

Je ne me sentais pas encore chez moi. J'avais toujours froid. Je me répétais, tu as bien fait de partir. Il faut savoir s'arracher. La poésie existe là où on ne l'attend pas. Surtout, ne t'attends à rien d'autre qu'à la vie. Le samedi 10 novembre, j'ai allumé l'écran pour me rendre chez Kat-Epadô. Un nouveau vêtement était en ligne :

CdG Robe flétrie

Cette robe a subi plusieurs mauvais traitements ^^ !
On l'a lavée, froissée, effilochée et pour finir décolorée.
Ce ne sont que bavures de vert et de roux.
Ses coupes sont décalées sur les côtés, comme mal cousues.
Les manches, elles, se flétrissent comme des fleurs de citrouille à la fin de la journée.
Adorable robe !

J'ai imprimé l'annonce, telle quelle, avec son image au format timbre-poste au-dessus. Je l'ai épinglée avec les trois autres sur la paroi nord de la pièce, et ça traçait déjà une piste – KAT-E-PA-DÔ – de quatre empreintes, comme d'un chat sauvage. Qui donc était cette fille ? Le même soir, je lui ai envoyé un nouveau message, lui répétant que j'adorais ses textes, lui demandant si elle avait conservé les précédents.

À mon réveil, j'ai trouvé sa réponse, signée Sayo : « Ce n'est pas un orgueil, mais je pensais que tu ne m'avais pas oubliée. Non, je n'imprime pas mes annonces. Je les laisse disparaître. Quand j'écris, je sais que mes mots sont déjà perdus. Cela ne me gêne pas. Ils ne sont que du sable. Si je les imprimais, ils ne seraient pas plus solides. Je ne sais pas te dire pourquoi. Mais ta question m'encourage énormément. »

Il y avait donc ces feuillets. J'y revenais sans cesse. Je restais plantée devant eux. Ils contenaient quelque chose que je ressentais, une énergie inexplicable, mais sur le moment, je n'ai rien compris. J'étais prise dans du concret, vivre de rien est très concret. Terre à terre. La compote de pommes. Les noix à casser. Le riz à ne pas brûler. Le froid qui s'insinue. Le rôle du poêle. Le bois à fendre. La résine qui poisse les doigts. Les cendres à vider. Mes promenades à pied dans des forêts, au début toutes pareilles, dix kilomètres sans me perdre malgré les embranchements tous identiques qui me ramenaient à chaque fois au centre du labyrinthe, dans la case du Puits. Et les grosses chaussures à faire sécher. Curieusement, tout ce concret se mêlait à un bloc de particules enragées, un bloc au fond de moi, serré, vibrant, opaque, quelque chose d'affamé et que j'ignorais. Une sorte d'essaim, un essaim d'abeilles, un essaim de famine qui vrombissait en moi, qui cherchait à sortir, qui devait absolument sortir de la ruche pour chercher en plein gel, dans la bise, un autre lieu où se poser.

Bise et *bees*, ça rime, murmura Emily Dickinson du fond de son paquet de livres toujours empilés sur le plancher.

9

Je m'étais remise au chinois. Traductions, mot à mot, maladroites. C'était devenu régulier, chaque matin après avoir rallumé le feu, je m'y attelais. Je n'avais pas encore pris le temps de penser à mon père disparu quelques mois auparavant. Pas pris le temps, à Paris, de faire le vide dans ma tête pour reprendre mon dialogue avec lui comme si de rien n'était. Élie, mon père, avait tenu à m'apprendre lui-même le chinois, en marge du lycée et de l'université. Il m'avait initiée à l'art, à l'étude, au savant bonheur. Il me manquait. Tout ce qu'il m'avait promis me manquait, me semblait mort avec lui. En traduisant, j'essayais de le rejoindre, lui et l'aube de la poésie. Il avait été un de ces étudiants maoïstes qui s'étaient mis au chinois par amour de la Chine. Ne pouvant s'y rendre (la Chine était encore verrouillée), il était allé au Japon (seul, sans ma mère et moi). Il y avait trouvé l'enseignement trop orienté. Il s'était alors rendu à Taïwan, puis finit par enseigner à l'Inalco, à Paris. Nous nous étions retrouvés.

On est le 9 septembre 1976. Je vais avoir sept ans et entrer en CP dans quelques jours. Il est cinq heures du soir. Je suis seule dans le jardin de la maison de Gentilly. Des fruits dorés constellent le mirabellier, d'autres ont roulé dans l'herbe sucrée. Tout est doré, sacré, la lumière, l'avenir. C'est alors que je vois Fuchs, un ami de mon père, venu ce jour-là lui rendre visite, ressortir de la maison à grands pas et tomber dans l'herbe de tout son grand corps, écrasé de chagrin, écrasant les mirabelles, foudroyé, mais heureusement vivant, car au bout de quelques minutes, il relève tout de même la tête. Il s'assoit. Il est gris. Comme il est gris ! Il m'annonce : Mao est mort !

Tout ancien maoïste qu'il fût, cérébral, cela n'avait pas empêché mon père d'être un contemplatif, horrifié par notre génération qui ne savait même plus se repérer à une étoile, et en cela moins calée qu'un bousier qui (je l'avais lu sur *Le Monde* en ligne) s'orientait à la Voie lactée. Pour mon père, nous étions une génération, ou plutôt une nouvelle civilisation, non seulement coupée de ses racines grecques et latines, mais aussi cosmiques, et qui ne savait plus rien nommer, pas même les arbres. Moi, je distinguais encore une dizaine d'essences d'arbres, et quatre constellations, la Grande Ourse, Orion, le Bouvier, les Pléiades, et pas mal de papillons. Quant aux oiseaux, j'en savais davantage, ce qui pour autant ne calmait pas son amertume.

Le remuement des braises dure jusqu'au matin.

Le réveil, mis très tôt, m'arrachait à la nuit. Je me levais avec un sentiment de désolation absolue, proche encore du deuil. Il y a juste avant le jour un moment âpre, impitoyable qui vous remet en question. Vous dénude de tout. Je me forçais à l'affronter. J'ouvrais les Chinois. Tantôt je m'enfonçais dans les herbes emportées, folles, des poèmes de Li Bai ; tantôt dans les champs d'os disloqués de Du Fu. Le chinois, ce n'est pas l'allemand où quand on se met à traduire, on se heurte aux mots, prenant en plein front leur corps dur, étranger, à leur béton armé, articulé. Non, le chinois, c'est tout autre chose. Même si c'est une langue pratique et objective qui a perduré des siècles pour cela, ses kanji peuvent s'interpréter de différentes façons. Ils irradient en tous sens. Il faut donc déployer de longues antennes, aller palper des équations cosmiques, devenir devin, sinon rien. Ne mythifie pas cette langue, me disait Élie, quelques mois plus tôt, reviens à la rigueur, reviens au mot à mot.

Je restais rivée à ma table jusqu'à onze heures avec le sentiment d'avoir perdu quelque chose, d'avoir perdu tout court.

Je pensais : je traduis, c'est un exercice, mais qui va me corriger maintenant ? Emily D. me répondait : Les oiseaux. Moi : Mais il n'y en a pas. Elle : Traduis quand même, ils viendront. Je me remettais à la tâche et ça venait, je progressais lentement en direction de ces territoires hérités de mon père, à rebours des siècles. Ma façon de dialoguer encore avec lui, au cœur de la Chine, hors du temps. Mais Thomas, le jour où nous nous étions rencontrés : Tu admires la Chine ? Pourquoi, la Chine ? Et les massacres au Tibet !

La baraque était posée dans le repli d'une de ces montagnes couvertes de forêts, au centre d'une minuscule clairière. Elle sentait la souris. Je me suis vite aperçue qu'on venait la nuit crever mes provisions et les répandre, dégueulassant tout. J'ai donc acheté du grain empoisonné, moi qui enrage contre les pesticides. En une nuit, il fut embarqué. Des mouches noires aux reflets bleus en sont nées ; des mouches énormes, accompagnées de puanteur ; des mouches repues de cadavres, de celles qui sentent la destruction, les Bienveillantes (pour ne pas nommer les terribles Érinyes). Je les tuais avec un *Libé* (plié en quatre dans le sens de la longueur, c'est parfait) et des haut-le-cœur, je les balayais, les secouais dehors avec toutes les mauvaises nouvelles qui dataient de quinze jours.

Commander des pneus neige. À la radio, on annonce du mauvais temps. Chacun se fait du souci, chacun a peur du lendemain. La terre au plus offrant. Derniers feux.

Je siffle en marchant.

Puis un matin, Thomas m'a appelée. Qu'est-ce que tu deviens ? J'ai commencé un autre livre. C'est ce que tu pouvais faire de mieux, m'a-t-il répondu, enterrant définitivement le premier. En fait, je n'avais rien commencé du tout, même si, chaque matin, à peine debout, je serrais mon poing pour retenir l'énergie sauvage qui grondait autour de moi.

10

Dans la nuit du samedi 17 novembre, j'ai vu apparaître une nouvelle annonce :

CdG Jupe trempée dans le noir

C'est une jupe à carreaux bleu pâle.
Le bas a été trempé dans un encrier et du noir s'est bizarrement diffusé vers le haut.
Cette teinture donne à la jupe une beauté sûre de sa perte.

Je l'ai imprimée pour l'épingler à la suite des autres. Dans ma mémoire, la scène est précise. Elle est éclatante. Il y a cinq rébus. Chacun simple, ambigu, indomptable. Je les observe longuement.

Au début, cette rencontre avec Kat-Epadô m'avait paru suspecte. Je me perdais en suppositions.

Et si cette fille était une supercherie ? Et si ses annonces étaient une mystification ? Et si c'était une coquine très rusée ? Cela aurait pu, eBay-occasions est une déchetterie où se croisent tous les pseudos du monde.

Mais ces petits textes étaient tellement décalés que manifestement ils venaient d'ailleurs. J'avais pensé d'abord qu'il pouvait s'agir du fantôme de Roland Barthes qui s'y connaissait pour faire du sens avec Rien, avec des chiffons, y voir un *Système de la mode*, car le monde des écrivains morts n'est pas étanche du tout. Il arrive qu'ils reviennent nous parler par des passages souterrains, ou aériens, ou anodins, ou subreptices. Cela aurait donc pu être un de ces écrivains morts qui ne meurent jamais. Cela aurait tout aussi bien pu être le fantôme de Mallarmé, rêvant encore une fois d'un exercice profond, métaphysique, sur le thème de l'inanité comme il l'avait fait dans *La Dernière Mode*, revue parue l'année 1874 (le 1er et le 3e dimanche du mois), rédigée entièrement par lui jusque dans ses moindres détails, sous un pseudo féminin, Marguerite de Ponty. Qui peut croire à ça ? Et pourtant, c'est vrai. Rentrant de la forêt, j'allumais l'écran. J'étais aussitôt connectée à tout le savoir du monde, un espace à plusieurs dimensions, miroitant, cascadant, vertigineux, qui fabrique d'instant en instant une sorte d'encyclopédie de plus en plus complexe.

De là, un jour, j'avais suivi la piste Mallarmé. J'avais découvert cette histoire de revue et de pseudo. Incrédule, j'avais commandé le fac-similé de *La Dernière Mode*, réédité par Ramsay en 1978. Il faut s'y plonger pour le croire, c'est la folie, vaines chimères d'étoffes, volants, éventail, ombrelle de Chantilly, guipures, valenciennes, bottines, bijoux portés de jour tout autres que ceux du soir, chapeau Berger, chapeau Valois, chapeau Lamballe, irisations, scintillements, nœuds de cheveux, mouchoirs microscopiques dont un hanneton brodé en couleurs portant deux lettres entrelacées rose et bleue, *façon de regarder sans peine quelque chose d'aussi vague surtout que l'Avenir*. Mallarmé, donc. Rien à voir avec Kat-Epadô qui, dans ses annonces, avait un charme plus maladroit, ce qui me changeait de mon français châtié. (Ne pas oublier que je venais de lâcher un emploi de correctrice. *On se dégoûte de bien écrire.*) Sans doute m'avait-elle aussitôt plu pour ça.

Les torrents grondent.

Aujourd'hui, couture. Mettre une pièce à mes jeans, les vrais, ceux pour traîner dehors.

Capter le courage de cette baraque face aux déboires.

Je me couchais tôt, après avoir envoyé dans la boîte de Sayo un court message que je terminais en disant bonne nuit, je vais dormir. À mon réveil, vers six heures, je trouvais sa réponse, brève aussi, dans ma boîte, qu'elle terminait en me disant bonne journée, je vais dormir. Nous nous croisions.

Un soir, je lui ai demandé si elle rêvait en français. Elle m'a répondu par son premier long message : « À tous les moments, les mots français jaillissent de moi, la nuit, le jour, et dans tous les lieux, et je dois m'arrêter de marcher pour noter dans un petit carnet ce qui est passé par ma tête. C'est une forte émotion. Les mots peuvent m'arriver devant un magasin, dans la rue. Partout. Même dans la cuisine où je lâche vite mon couteau. Même dans la baignoire. Mais quand je reprends ces mots, un peu plus tard, pour écrire mes annonces, ils sont comme des fleurs fanées, et ça me souffre. Je n'arrive pas à les faire revivre. C'est une bataille perdue d'avance, et je sais que si je conservais mes annonces, je déchirerais les pages. Quelque chose leur manque. J'ai toujours honte de ce qui leur manque. Au début, j'ai acheté beaucoup de gros cahiers très épais en me disant : écris dedans chaque jour. Mais bizarrement, ce que j'ai écrit a été maigre. Tu es la première personne qui lise au fond de mon français. Merci infiniment, ZsaZsa, de m'avoir trouvée à travers mon français, même si pauvre. Déjà le matin, c'est l'heure d'aller dormir. »

Je l'avais repérée, aussitôt, en effet.

11

Peu à peu, comme si c'était ce qu'il y avait de plus important, je me suis couchée de plus en plus tard. J'avais laissé son pseudo de côté et je l'appelais Sayo ; elle me disait ZsaZsa. D'emblée, nous nous sommes tutoyées. La seule bizarrerie : elle ne me posait jamais de questions, contrairement à moi tellement curieuse d'elle.

J'ai fini par lui demander, m'approchant sur la pointe des pieds, pourquoi elle était en France. Elle : « Là-bas, au Japon, mes expériences m'avaient tellement détruite qu'un jour j'ai basculé ma vie. C'était en 1992. Il y eut ensuite sur moi un gros nuage noir. Je suis devenue une illégale, une sans-nom, une qui vit cachée. En 2002, le nuage m'a rattrapée. Je te raconterai plus tard. » Oh ! ça ne presse pas, ai-je répondu, et j'ai pensé aux nuages qui répandaient leurs entrailles empoisonnées au-dessus du Japon, à leur poids terrifiant, mais elle, ce n'était ni à Hiroshima ni à Fukushima qu'elle pensait. Il s'était passé autre chose, de privé, je l'apprendrais, qui s'avançait depuis le passé, droit sur elle. En conversant, je devais toujours faire attention à ne pas me faire trop investigatrice. Deux cultures nous séparaient. Deux langues. Tout d'elle m'était inconnu, différent, incompréhensible, passionnant. Et alors, tu es venue en France, ai-je continué, le lendemain ? « Oui. Dix ans plus tard, seulement, en 2002, pour renaître, a-t-elle répondu. J'ai voulu recommencer ma vie à toute droiture, par la langue française. Au lycée, c'est elle que j'avais préférée. Tu vas rire, ZsaZsa, en arrivant ici, je me suis demandé : Tu veux quoi pour commencer ? Je me suis répondu : Grevisse. On dit que c'est la bible de la grammaire même si beaucoup de Français disent que ce livre n'est plus tellement utile. D'ailleurs, ils semblent déçus quand ils me demandent c'est quoi, vos études, et que je leur réponds : C'est la langue française ! » Et soudain, Sayo s'interrompait : « Je dois terminer mon message maintenant, à bientôt. »

Les forêts sont bleu de Prusse.

La nuit tombe bien plus tôt qu'à Paris.

Une hermine en pelage d'hiver traverse l'allée. En trois bonds. Sa blancheur !

Je pensais souvent à l'hermine que j'avais entrevue, un soir, seule présence animale décelée, et la certitude de sa proximité illuminait la forêt. Je la guettais, l'attendais. Et puis, une fin d'après-midi, tout était gris, brumeux, désolé, tout gouttait de brouillard, je suis sortie sur le pas de la porte. Au même instant, on m'a hélée, ni un cri ni un chant, non, une sorte de mise en garde rauque venue des nuages. J'ai levé la tête. Elles étaient déjà loin, les oies rieuses dont le vol ordonné en pointe de flèche se dirigeait vers le Rhin. En retard d'un mois. Le lendemain seulement, la météo à 14 jours m'annonça qu'il allait reneiger. On était samedi, 24 novembre, jour de l'annonce :

CdG T-shirt à deux bosses

Il est en tulle de polyester blanc.
Il a deux enveloppes sur le dos qui peuvent contenir deux bosses tricotées en gros fil de coton blanc et brillant.
Ces bosses sur le dos sont exactement le contraire de seins.
Ce sont des bourgeons d'ailes bourrés de duvet d'oie ^^ !
Si on porte le T-shirt sans les bosses, il en reste néanmoins des traces sur le dos comme si on avait eu des ailes autrefois.
Ou qui vont repousser si on vous les a coupées.
Qui repoussent toujours.

J'aimais bien son histoire de bourgeons d'ailes qui sont *exactement* le contraire de seins. On me demande parfois : D'où écrivez-vous ? Moi, c'est à partir de mes cicatrices d'ailes. Écrire, c'est sans doute cela, avoir possédé des ailes autrefois.

Cette nuit-là, j'ai demandé à Sayo où en étaient ses ailes. J'ai osé faire le lien entre ses textes et sa vie. Elle m'a donné sa réponse : « Elles repoussent. » Ensuite, en passant, parlant de Paris que j'avais quitté, je lui ai demandé pourquoi elle avait dû quitter le Japon. Et comment elle se débrouillait en France. Si tout allait. J'ai découvert sa réponse quelques jours plus tard, un matin : « On me voulait du mal, là-bas. Je m'y suis cachée dix ans. Je suis arrivée ici en 2002, avec une grande peur, de petites économies, et une collection de vêtements CdG pliés dans cent huit cartons. Je les connaissais tous, intimement. Le jour est venu où pour rester en France j'ai dû les vendre un à un. Cela fait presque cinq ans que j'ai pris le pseudo de Kat-Epadô et que je vais sur eBay. Chaque semaine, je me sépare d'un vêtement. Quand je le décris, j'ai un sentiment de perte. Jusqu'à la veille j'hésite beaucoup. Jusqu'au dernier moment. Dès que l'annonce est en ligne, c'est fini. Un vêtement vendu me permet de vivre une semaine, parfois deux. Parfois un mois. Je dois auparavant le décrire minutieusement, mentionner chaque petit trou pour être honnête et aussi parce que chacun est une beauté. D'ailleurs, le "vintage business" est de plus en plus chaud. Très recherché. Tu sais, moi aussi, on me recherche, et souvent j'ai peur. Je te raconterai. Plus tard. C'est déjà le matin. Je dois aller dormir. »

12

Entre nous, la nuit, un dialogue s'était installé. En même temps, le jour, de micro-événements surgissaient autour de moi, à l'improviste, comme si l'on s'amusait à me faire sursauter, avec des détails, seulement des détails, mais des détails si vifs et colorés, si aigus et nombreux, que j'aurais pu passer mon temps à ne rien faire d'autre qu'attendre ce qui allait se manifester. Ou manifester tout court. Car on manifestait. Qui ? Presque rien. Des petites choses archi-simples. D'où vient ce minuscule oiseau ? Entré par où ? La porte était fermée. Lui, l'oiseau, se faufile au ras du plancher. Soudain, il fuse en éclairs roux impossibles à suivre des yeux. Là ! Plus là ! Re-là ! Je l'attrape. Il ne pèse vraiment pas grand-chose, quelques grammes, et soudain j'entrevois, sous ses blancs sourcils courroucés, son regard rieur. Un troglodyte.

Le troglodyte que j'avais relâché faisait à présent le tour de l'abri en sifflant encore, malgré novembre bien entamé, sa petite phrase toujours la même, cinq syllabes en prélude, suivie d'une éclaboussure de trilles, close par une syllabe en suspension. J'en dessinais le sonogramme et je m'essayais à en siffler la ritournelle, l'autre façon de dialoguer avec mon père. Donc, tantôt les Chinois, tantôt les oiseaux.

Savon, eau. Je frotte le plancher au balai-brosse. En quoi les sensations que j'éprouve à vivre dans cette baraque sont-elles différentes de celles qu'on éprouve dans une maison ordinaire ? La beauté de ses formes est celle de son usage. Elle a de la braverie. Elle vous en donne.

Aujourd'hui, je ne sortirai pas. Il pleut à verse, à grand bruit, droit sur ma tête. Je reste au cœur du tambour. Notes et notes et notes. Point.

Je n'avais pas tout de suite remarqué que *Kat-Epadô*, le pseudo de Sayo (sans doute parce qu'il résonnait rock, me faisant penser à *Kat Onoma*), était la première personne du présent du verbe grec : *Chanter aux oreilles, Prononcer des paroles magiques, Ensorceler*. J'avais trouvé ce choix bizarrement calé. Et même gonflé. Qui le lui avait soufflé ? De plus, un pseudo n'est jamais gratuit. Il vous camoufle et en même temps vous révèle. Je m'étais demandé pourquoi Sayo avait choisi un fragment de grec ancien. Pour le feu du son ou pour la cendre du sens ? Ou seulement pour l'élément mort d'une langue morte, complètement étrangère au Japon afin d'y passer elle aussi pour morte ? Et quand cessait-elle d'être Sayo pour devenir Kat-Epadô ? Qu'est-ce qui changeait alors en elle ? Je ne le lui ai jamais demandé.

Le samedi 1er décembre, j'ai découvert la nouvelle annonce :

CdG Tunique avec implant

Elle est en fine matière extensible, gris irisé.
Sur l'épaule gauche se trouve une longue forme qui entoure à moitié votre cou comme un implant bizarre.
Moi je dis qu'elle est mon chat gris, mon chagrin, couché sur mes épaules =^^ =

Je savais déjà qu'un chat vivait avec elle, à l'icône que les vendeurs mettent sur eBay pour qu'on les identifie. Elle avait choisi la photo d'un imposant chartreux, l'air savant, assis dans un fauteuil bleu Toledo, et qui semblait me narguer en silence, masqué. Mais j'avais décidé de prendre cette histoire avec simplicité. J'avais accepté que Sayo, sous Kat-Epadô, me reste mystérieuse, floue, indéfinie. Une ombre. Je tournais doucement autour d'elle, scrutant les détails, les seuls indices d'elle que j'avais. Par exemple, je connaissais son écriture française, ayant conservé le papier d'emballage du blouson acheté le soir de mon arrivée, posté du Havre où elle habitait, une écriture ronde, appliquée. Son écriture japonaise, je la découvrirais plus tard (mais était-ce la sienne) dans un mot glissé à l'intérieur du volume usé de son Bashô, le seul livre qu'elle transportait avec elle partout, un mot que je n'ai d'ailleurs jamais voulu traduire et qui me reste encore aujourd'hui mystérieux (au moins il me reste son mystère). En tout cas, c'est la même écriture d'enfant.

Elle, un jour : « En fait, tu es la première personne qui aime mon écriture d'écolière. Non. Quand j'étais jeunesse, le professeur de calligraphie m'avait dit qu'il y avait en elle un univers. Depuis, plus personne ^^ ! Je vis seule. »

Les soirées étaient devenues plus belles. Je rejoignais Sayo, et au fur et à mesure que nous avancions en discutant, elle cherchant ses mots, moi les recueillant, chemin faisant, nous parlions, nous parlions, moi seule ensorcelée, car soudain, elle prenait congé, comme si toute relation avec elle devait être interrompue brusquement : « À bientôt ZsaZsa, on continue demain. »

Comme si elle devait rentrer à toute allure, mais où ? Comme si elle avait à faire autre chose. Mais quoi ?

Elle : « Mon chat veut venir sur mes épaules. Quand il y est installé, j'écris plus vite. Il me dicte tout, je crois. »

13

Que s'est-il passé ensuite ? J'ai attendu chaque bout de message venant de Kat-Epadô, voilà tout. Sa voix qui m'apportait l'annonce d'un français étranger, sauvage, langue des oiseaux, sa voix venue des régions invisibles, transformant en résidus les grands mots, me proposant une sorte de littérature de survie hachée de petits courts-circuits enchanteurs, cette voix bizarrement m'intimidait.

Elle : « Je ne possède pas les mots. J'ai mille expériences de gens qui considèrent mes pensées au même degré que mon langage : inférieures. Je parle un français inférieur et me sens inférieure. Tu sais, depuis très longtemps, je me sens inférieure. Déjà au Japon. J'ai une sorte de pitié pour l'enfant que j'ai été. Un jour je te raconterai. » (Oui, un jour, elle me le racontera. Et tout son secret me sera révélé, mais trop tard.)

Elle : « Pour écrire mon annonce, je déchire mes nuits à ça. Le matin, j'ai mal aux yeux. J'ai mal à la tête. Mais la vraie souffrance c'est de ne pas pouvoir traduire mes émotions. Il y a une impossibilité. Comment capturer une impression ? Retenir du tulle ? De la gaze ? Pour moi, la langue miroite comme la lune sur l'eau. Je n'arrive jamais à l'attraper. Pour ne pas me noyer en essayant de la saisir, je m'accroche aux mots du métier, tissu au lustre léger, poches passepoilées, poches à rabat boutonné, veste de bonne façon. C'est une mercière qui m'apprend ces précisions de ta langue, au fond d'un petit magasin du Havre. »

Passage rapide, éblouissant de l'hermine.

Autour de moi, l'air était devenu plus léger. Sec et vif. En partance pour un voyage d'hiver. Impatient. Il sentait la forêt, les essences des arbres, il ouvrait les cinq sens, par vagues, le large. Moi, je notais des impressions, de petites scènes, sans but précis, dans un climat d'affairement que je n'avais encore jamais connu. Je me sentais joyeuse, pas seule du tout, très excitée. Je ne m'étonnais même plus de cette rencontre entre deux filles, par le plus grand des hasards. Je n'ai pas dit entre deux femmes, non, j'ai dit entre deux filles, car il y avait en chacune de nous deux quelque chose d'échappé, qui s'était échappé de l'arène, du sexe, du ring, et de la société. Aucune de nous deux n'avait à ce moment-là d'homme dans sa vie, ni de famille. Encore moins d'enfants. Ni de métier. Loin de tout ça. En cavale toutes les deux. Et moi, plus qu'elle encore, en vacance, vide, libre.

Donc facile à capturer. Et elle me capturait lentement, un mystère, ça vous capture. Elle était aussi irréductible qu'un nombre premier, aussi impénétrable qu'un casse-tête. J'aurais au moins voulu connaître son visage. Je cherchais à l'imaginer.

Marche en forêt sans avoir rencontré personne.

En rentrant des bois, j'allumais l'écran. Je plongeais direct dans son immense gare de transit mondial, donnant sur tous les musées, sur toutes les galeries, sur tous les artistes, sur toutes les œuvres, sur les trésors du monde entier immédiatement accessibles. Par où passer pour découvrir de quoi Sayo pourrait avoir l'air ? Je me souviens de m'être dit qu'il faudrait essayer du côté des estampes japonaises. Je suis tombée sur *Kitagawa Utamaro (1750-1806) Sotheby's*. J'ai feuilleté les catalogues de vente mis en ligne. Estampes, estampes, innombrables lots d'estampes. Je me suis arrêtée à *Femme à la pipe*. Longue ligne du nez à peine aquilin. Elle devait lui ressembler. Imprégnée de vide. Perdue dans ses pensées.

Puis j'ai rêvé d'elle une première fois. Un rêve intense et bref qui s'est imprimé sous mon front. Que je vois encore. Elle nage comme une noyée, un poisson noir, brillant entre les dents. Je me suis réveillée avec l'impression qu'elle m'avait réellement visitée. Qu'elle était venue cette nuit. Que je l'avais vue. Et vite, avant d'ouvrir les yeux, j'ai fouillé jusqu'au fond des images de ce rêve, essayant d'en remonter les plus petits scintillements. Et alors qu'il s'éteignait, des souvenirs de photographies de Nobuyoshi Araki se sont surimprimés aux traces du rêve, l'effaçant.

Le domaine des rêves se mit à envahir ma vie. À l'éblouir. À la contaminer. Le jour, on aurait passé un compteur Geiger autour de la cabane, on l'aurait entendue grésiller. La nuit, on l'aurait vue émettre sourdement de la lumière verte. Ce qui m'a rappelé un fait divers lu autrefois. En Inde, dans une usine désaffectée, des gens avaient trouvé une substance féerique semblable à du sel et qui luisait la nuit. Ils en avaient emporté chez eux. Ils en avaient enduit les sols, les portes, les murs, et un temps ils habitèrent un palais fabuleux qui finit par les ronger de son rayonnement.

Qu'elle me rongeait, l'avait-elle deviné dès le début ? Elle en jouait avec une grâce lunaire et nonchalante. Avec une telle grâce, une modestie si provocatrice que le temps d'un quart de seconde celle-ci me semblait être la plus sophistiquée des ruses.

Elle : « Je me sens infiniment impudente quand tu te penches sur mon français. » Ou alors : « À bientôt, si ma lettre ne te déçoit pas. »

Ou bien, elle, mer. 8:32 : « Tu as pensé que je me suis endormie sans t'écrire ? Mais non. C'est maintenant que je vais dormir ! »

Ou bien : « J'écris lentement. Paresse est ma sœur. Attends-moi. » J'attendais longtemps. Le savait-elle ? Avait-elle déjà tout prévu ? L'essaim de famine, l'essaim d'étincelles en moi ? Avait-elle perçu mon enthousiasme affamé ? Quoi qu'il en soit, elle y répondait par une mélancolie butée, par une opacité délicate et savante. Savante ? Était-elle savante ? Manipulatrice ? D'un très grand sang-froid ? Sous son calme, comme sous la surface d'un lac, on devinait un paysage intérieur, imprévisible, sauvage, tourmenté. Un orgueil. Un volcan éteint.

14

Quand je repense à « là-bas », je sens un toit au-dessus de moi, tendu comme une peau de bête. Je sens, m'entourant, une grande pièce au plancher encombré, un de ces planchers bruts que rien ne gêne, donc on ne se soucie pas, on entre, on sort, et tout s'y dépose : jeans trempés, chaussettes trempées, bottes de gueux, une branche tortueuse, une autre qui lui ressemble mais c'est un vrai bois de cerf, et encore un début de collection de nids trouvés dont un (de grive ?) maçonné de boue, jeté bas par la tempête, et encore des pierres étranges. Et mon histoire d'amour avec Thomas, où était-elle ?

Thomas ? Voyons. Il a des yeux noirs, à la fois brillants et mélancoliques. Une bouche amère et pourtant sensuelle. Une voix brisée par un chagrin secret. Il se rase les cheveux, et son crâne nu, dur, sa *tête d'orage*, dégage une énergie incroyable, une espèce d'humour noir qu'on sent capable de défier le fatal de la vie, sauf que l'amertume de sa bouche et le chagrin de ses yeux l'emportent trop souvent. Il est grand, très grand, il est vieux et pas vieux, il aura bientôt soixante ans. Il est resté musclé et mince. Il s'entretient. Il est savant. Il publie dans de petites maisons et méprise le succès comme des raisins verts. Il a donné sa vie à la réflexion. Thomas ne souhaite pas d'enfant. Thomas est un adulte qui a le sérieux d'un enfant émérite. Si on sait observer, il est resté enfantin, Thomas, complètement. Surtout son rire cruel. Parfois, quand je m'enthousiasme trop vite, il met ses deux index dans la bouche, l'étire en une grimace épouvantable comme celle du néant. Puis il rit, effrayé lui-même.

Écrire les annonces de ses vêtements, c'était sérieux aussi pour Kat-Epadô. Mais pas à la façon d'un enfant qui joue. Ni à celle des maisons de couture, aujourd'hui, qui ont des veilleurs dans le monde entier pour traquer leurs modèles anciens afin de les enfermer dans des chambres froides et fortes, appelées des « compactus ». Non, autrement. Car Rei Kawakubo (prononcer Lei), cette fille qui avait créé Comme des Garçons, n'était pas un couturier comme les autres. On la disait d'une autre espèce. D'une radicalité sauvage. Et une des rares à avoir construit une œuvre. J'en avais entendu parler, même si la Mode avec un grand M n'était pas mon affaire. La Mode d'ailleurs n'était pas non plus l'affaire de Sayo, en tout cas, elle me le répétait, laissant entendre que ses CdG étaient des sortes de vêtements philosophiques, et surtout pas les simples fringues d'un styliste japonais. Et Sayo paraissait s'être donné pour tâche, devenue une religion, de décrire les apparences, la futilité, les surfaces, les étoffes, feutre, tulle, organdi, gaze, et elle nous montrait des vêtements, chacun suspendu au-dessus de l'abîme, enveloppés de l'aura des dieux.

Elle le faisait avec orgueil, semblant affirmer qu'elle seule avait accès à l'esprit CdG. Ce qui était exact. Sur le Net, elle était la seule à le faire avec émotion, et elle irradiait, tout en souffrant (je le voyais) du kitsch épouvantable de ses concurrents. Ils étaient loin de saisir l'aura justement, l'éclat de ces vêtements très particuliers. C'est un fait qu'elle seule savait traduire leurs poèmes d'étoffes en langage et photographier leur simplicité paradoxale, à la fois lointaine et proche, tournée vers nous en un face-à-face, et jamais elle n'utilisait un mannequin, ce qui en aurait fait des objets communs. Elle voulait pour eux le vide.

Mais Sayo devint susceptible. Il arrivait qu'elle se taise sans que je sache pourquoi. Qu'elle se mure. Cinq jours. Qu'avais-je dit de travers ? Quand elle ressortait, j'avais l'impression qu'elle fronçait encore ses sourcils. À la suite d'un de ses silences, elle m'envoya un long mail de colère, une sorte de leçon de choses orientale : « Vous, les Françaises, vous êtes mortellement réalistes. Vous croyez que les vêtements sont faits pour être portés. Vous ne savez pas ce qu'est un vêtement de contemplation qui vous contemple. Il est loin et tout près de vous. Il se tait. Il s'est imprégné d'usure, de temps, et il vous en imprègne à son tour, tout en vous chuchotant d'une voix adorablement légère : tu vas mourir, tu vas mourir. Pour nous, contempler ce qui s'enfuit, ce qui se fane, est un spectacle délicieux. Seul ce qui se flétrit nous renseigne sur l'essentiel : la fragilité de notre vie. Au Japon, nous ne portons pas souvent nos beaux vêtements d'essentiel. Combien de fois porte-t-on, au Japon, un tel vêtement ? Peut-être deux, trois fois dans l'année. Mais on a envie de l'avoir sous les yeux pour se rappeler avec légèreté qu'il est une sagesse. »

Un peu plus tard : « Détrompe-toi, ZsaZsa, les vêtements CdG sont aussi puissants que des kimonos très anciens. Chaque vêtement exige de toi une façon de vivre. À moi, les CdG demandent toujours qui je suis. Comment je vis. Si je vis enfin libre et si je le fais avec grâce. Et je réponds que je le souhaiterais. Et alors, parfois, en me glissant dans un CdG, je pense être quelqu'un de délicatesse, bizarrement ^^ ! »

Emily D. : Mais où est mon Instant de Brocart ?

15

Puis, un jour, Sayo m'écrivit : « Je t'ai vue dans la librairie ! J'ai acheté ton livre qui vient d'apparaître avec ta photo en bandeau. » Et le lendemain, comme si elle m'y avait recherchée : « Je t'ai vue sur un plateau de télé, en podcast. Tu n'as pas beaucoup parlé mais j'ai entendu ta voix, une voix de fille ^^, pas comme la mienne, abîmée par la fumée. »

Puis elle m'envoya des rafales de courts messages : « Ton existence m'encourage. Tu es la seule à lire mes annonces pour leur français. Tu es comme un professeur qui dit "bien" à un cancre, et je pense que le cancre aime entendre ce mot qui le fait beaucoup rire. »

Et : « Hier j'ai fait un rêve. Je t'embrassais fort en m'excusant. Tu portais le blouson noir matelassé qui fait fuir les molosses. Tu y étais maigre. J'ai été très surprise ^^ de te voir. Le rêve m'a poussée à t'écrire. »

Et : « Qui aurait pu imaginer notre rencontre ? Je me pose sans cesse cette question. Depuis que tu attends mes annonces, tu me permets d'exister, même si ma vie reste misérable. »

Cette fille me touchait. Comment expliquer la façon dont elle me touchait ? M'électrisait la cervelle ? Oh ! je le sais. Par son effronterie sous le sérieux. Par son appartenance à un monde lointain. Par sa sombre horreur de la réalité. Par sa capacité à s'entourer de mystères. Par ses masques. Et surtout, par son français métissé contre lequel personne, personne, personne ne pourrait rien et qui annonçait – en infiniment plus délicat – d'autres temps nettement plus barbares, ce qui pour autant ne me choquait pas, j'ai toujours fait confiance à l'exubérance de la vie, à ses sauts de côté, à ses bifurcations, à ses surprises, à ses révolutions.

Oui, mais comment expliquer la façon dont j'ai fini par subjuguer Sayo à mon tour ? Sans doute par la paire que nous faisions, *maître et cancre*, chacune convoitant la même Langue qui miroitait sur l'eau. Sayo croyait que c'était moi qui possédais cette langue tellement désirée, parce que je la maniais mieux qu'elle. Moi, je savais que c'était elle qui s'en approchait le plus parce qu'elle la saisissait par éclats seulement et de façon plus inventive. Plus enfantine. J'enviais en effet ses brisures, comme si la langue était d'abord ce qui se cache sous les mots, entre les mots, entre la France et le Japon, entre les identités nationales, elle, la langue, insaisissable. Et cela, Sayo le pointait de façon déchirante, même si ce mot, *déchirant*, dès qu'on parle de la langue d'un étranger pris entre deux pays, est (dit-on) un poncif, un air trop connu.

Elle : « Quand on est entre deux pays, la déchirure est votre seule bonté. »

Déjà sept feuillets imprimés, épinglés aux planches.

Aujourd'hui, dessin de mon abri, fait de loin, avec recul, pour tenter de saisir son côté frondeur. Nous, libres enfants de l'insolence.

16

Silence de Sayo. Suis montée sur la Crête. Immenses pâturages vides. Nuages dans les vallées.

Insensiblement, entre elle et moi, la situation s'est modifiée. Sayo me parut moins détachée de ses mots. Elle se mit à y tenir follement. Ferma sa porte à tout le reste. Devint obsessionnelle, murée dans un recoin de son esprit. Possessive. Il m'était arrivé d'employer dans un de mes mails le mot « irraisonnable » qu'elle avait utilisé dans un des siens, et je me suis fait gifler : « Tu es ma meilleure amie, ZsaZsa. Mais je n'aime pas ce que tu as fait de mon français même si nul. Tu as repris avec une telle aisance le mot *irraisonnable* qu'on emploie seulement pour parler des bêtes ! À moi, il m'a fallu une nuit pour le trouver dans le dictionnaire. Je l'avais utilisé en toute conscience à la place du mot *déraisonnable,* car seul ce mot pouvait dire ma douleur de bête qu'on sifflait pour l'appeler, là-bas, au Japon, à une époque dont je ne t'ai pas encore parlé, où je n'avais plus accès au langage, où j'étais devenue une animalité. Quelle était pour toi l'importance d'utiliser l'erreur de ce mot ? Tu l'as rendu artificiel, léger, d'où ma déception. Je suis triste de te le dire. »

Elle, un autre jour où je parlais de l'importance pour moi de ce qui est mineur : « Je suis une personne qui n'écrit pas, ou seulement des choses trop petites pour être vues, presque des débris. Tu sais, ces minutieuses épluchures qui tombent des couteaux. Laisse-moi, ZsaZsa, au moins l'insignifiance de la cuisine. » Elle avait l'art de me surprendre. Elle me surprenait soit par ses silences, soit par ses colères. Et tout à coup par un mot. Que venait faire le mot *cuisine* dans cette histoire de deux filles qui devenaient un peu des rivales en écriture ? (Je le découvrirais.) De mon côté, je n'écrivais pas davantage qu'elle et n'avais toujours rien mis en chantier. Je me disais que j'avais le temps de faire mes preuves. En vérité, je n'avais que Sayo en tête et j'étais trop occupée à l'observer, et dans ce jeu, du moindre, elle avait toujours sur moi l'avantage. Elle me voyait venir, avec ironie, l'air de rien. L'*obscurité insignifiante* était son maître, et sans avoir lu Robert Walser, elle le savait.

Comme lui elle ne pouvait respirer que dans *les régions inférieures*.

Je n'avais donc pas commencé de second roman. Mais à mon arrivée, j'avais trouvé dans la baraque une pile de journaux de l'année 1988 (comme si, depuis, personne n'y avait vécu), et un matin, allumant le feu, je suis tombée sur un fait divers, « La Bête des Vosges », dont j'ai découpé les articles. Était-ce une sorte de loup qui attaquait les troupeaux ? Ou une sorte de chien, celui du châtelain, propriétaire de la chasse et des cerfs fabuleux de ce coin ? En tout cas, on avait vite oublié les brebis égorgées. La vieille rivalité paysans-braconniers/châtelain-chasseur en avait profité pour se fixer sur les cerfs, objet mythique de la convoitise de tous. Le véritable enjeu.

Je m'étais fourrée dans une curieuse histoire à m'intéresser d'aussi près aux annonces de Kat-Epadô et à la Langue qui brillait au-dessus de nous deux. C'est qu'en pleine solitude on est vite aspiré par l'inaccessible. En même temps, c'était un de ces coins perdus qui vous ramènent sur terre. Qui vous mettent le nez dessus. Mon carnet de poche me servait à ça : à noter le concret. La sensation d'être en vie, son éblouissement.

Fermer les yeux. Longtemps les serrer. Se sentir morte. Exclue à jamais de toute sensation. Les rouvrir : la sphère d'un bol blanc contenant le lac d'un thé roux.

17

Le 8 décembre, je vis surgir une paire de chaussures qu'il m'aurait infiniment plu de posséder.

CdG Chaussures à motifs

Elles sont en cuir noir, expérimenté, à motifs emboutis.
Perfidement, elles sont à la fois délicates et costaudes. Rapides surtout.
Idéales pour prendre ses jambes à son cou après avoir envoyé à l'adversaire un coup de pied au derrière.

Cette semaine-là, Sayo me parut plus nerveuse qu'à l'ordinaire. Comme je l'interrogeais, elle me répondit qu'elle était prise dans ce qu'elle appelait ses « sales affaires administratives ». Et comme j'insistais, elle m'en dit un peu plus :

« À mon arrivée, j'avais un titre de séjour avec une carte d'étudiante, car j'étais venue avec le désir de refaire ma vie par la langue française, je te l'ai dit. J'avais besoin d'un nouveau sens. J'ai donc suivi des cours à l'Alliance française du Havre. Je me suis ensuite inscrite à l'université. Un jour, quand je suis allée renouveler mon titre de séjour à la préfecture, j'ai dû reconnaître que je n'avais toujours pas eu mon diplôme. J'ai répliqué à la personne qui me l'a fait remarquer. Son ton dédaigneux m'avait été insupportable, comme si elle avait toute l'autorité. Malheureusement, elle l'a. La préfecture, c'est la police. J'ai alors répondu à la personne du guichet : "J'ai le droit de prendre mon temps pour mes études." Je l'ai énervée sans doute, mais je ne voulais pas la courtiser, on ne courtise pas la police. Et pour Noël, j'ai reçu une lettre recommandée dite OQTF.

O : Obligation
Q : Quitter
T : Territoire
F : Français

« Finalement, j'ai pu rester mais avec le statut de "visiteur". Depuis, chaque début d'année, je dois prouver que j'ai en compte l'équivalent de 12 mois de SMIC, et j'ai gardé une colère contre les règles, les lois, l'autorité. Pardonne-moi, ce n'est pas très poli de te le raconter. Cinq ans ont passé. Aujourd'hui, je peux faire la demande d'une carte de résident. Je prépare donc mes papiers, tout en rassemblant l'argent qui doit se trouver sur mon compte. Je ne dors plus. » Elle avait terminé ainsi : « Je traverse la vie sur un pont de sable. Tout autre chemin me semble désespérément impossible. Je m'inquiète de plus en plus. Et si on me refuse la carte de résident, comment ferai-je pour subsister ? En arrivant en France, j'avais cent huit cartons remplis de vêtements. Ils sont tous vides. Sauf deux. Excuse-moi, ZsaZsa. J'espère que ce message ne gâche pas tout entre nous. »

Je voyais Sayo, penchée sur ses dictionnaires. J'étais partagée entre le besoin de lui porter secours (presque trop empressée, lui proposant une avocate spécialisée en droit des étrangers pour la guider), et celui de m'approcher d'elle à pas feutrés – pour l'étudier sans me faire voir. Tapie dans l'ombre. Invisible. J'ai toujours aimé observer, écouter, enquêter, noter les détails. J'aurais pu la guetter des heures, sans bouger. Et même si je n'écrivais rien, tout d'elle s'imprimait en moi telle une piste que je suivais, mettant mes traces dans ses traces. J'avais surpris un renard placer ses pattes exactement dans les pas du chat famélique qui venait devant mon seuil, les y plonger comme dans des bottes d'emprunt, et repartir par le même chemin. Il avait neigé.

Il reneige. *Hasard. Rencontre.* Quelle est la part du hasard dans une rencontre ? Ne pas oublier les allumettes.

Parfois, un mot s'imposait à moi, par exemple celui de *rencontre*. Je le notais dans mon carnet, au milieu des courses à faire, de la météo, devinant qu'il contenait du sens. Puis un jour, j'ai inscrit : *mimétisme, bond en avant*. J'avais pris conscience d'un mouvement, d'une dynamique. Et je me mis à imprimer nos mails et à les classer pour les épingler contre les planches, sous la piste des annonces. Des annonces, avec leur petite icône, j'en aurais voulu davantage. J'étais impatiente des suivantes. J'imaginais une sorte de recueil d'images minuscules en regard des textes d'une fille qui racontait des morceaux de sa vie en décrivant un à un les vêtements qu'elle était obligée de vendre aux enchères. Ce n'était encore qu'une vague forme en train de se chercher.

18

Il m'arrivait de me taire, à mon tour, simplement, sans arrière-pensée, deux jours, à la suite d'un de ses messages, alors, elle me renvoyait un mot bouleversé d'inquiétude, me priant de lui pardonner ses maladresses, comme si les doutes, la fragilité, les peurs étaient une composante indestructible de sa personnalité.

Le samedi 15 décembre, le vêtement fut une sorte de maison dont elle se séparait.

CdG Manteau gris

Il est en feutre de laine très épais.
Il a deux poches prises dans les coutures et deux petits boutons en corne pour le fermer.
Ce manteau est grand dans ses dimensions, sa beauté, son esprit.
Il vous prendra sous sa garde.
Il vous sera un père d'adoption, une maison natale.

Plus tard, quand j'en aurai appris un peu plus sur elle, les nuits où nous marcherons côte à côte dans les forêts, fuyant, oui, plus tard, je me souviendrai du texte de ce manteau d'adoption, et je ferai le lien avec la hutte de planches et la tribu des Foudres-Corbeaux-Rouges qui l'y avait accueillie, ses amis des montagnes, près de Fujimi, *tellement générosité, tellement liberté*, disait-elle, quand, à quatorze ans, elle avait commencé à fuguer.

Noël approchait. Je pensais à la maison natale, moi aussi. Nous n'avions pas vécu longtemps tous les trois ensemble. J'avais six ans quand ma mère était repartie en Bourgogne, laissant mon père (rentré de Taïwan) dans ses livres, et moi avec lui à Gentilly. Mais tous les deux étaient de ceux qui avaient marché sur la lune. De ceux qui avaient attrapé leur rêve. Qui avaient tout voulu. Qui avaient tout eu d'un monde en expansion. Que nous ont-ils laissé ? Une idée de la liberté, un côté réfractaire, et des livres, des livres, des livres. Mais ils nous ont aussi laissé les marchés financiers. Des tonnes de déchets formant un sixième continent à la dérive au milieu des océans. La violence. L'angoisse. La ruine. Vraiment ? Ce n'était pas tellement mieux avant, disait ma mère, quand je la revoyais aux vacances, en tout cas, pas pour les femmes. Le bon vieux temps, ça n'existe pas. Et j'avais peu à peu compris qu'il n'y a que le temps qui roule, jamais le même, toujours le même, surprenant.

Un chien maigre, articulations visibles sous la peau, file d'un pas souple, nonchalant.

Revu le chien errant, mais ce n'est pas un chien. En rentrant j'en ai fait un dessin, de mémoire. Un loup !

J'habitais le versant lorrain, le versant sombre, pauvre et profond des Vosges, hanté par des créatures primitives et des bêtes fantastiques. En cherchant à louer une baraque, je l'avais délibérément choisi, pas seulement pour y vivre l'utopie minimale de Jean Prouvé, l'âpreté de la survie, sa détermination, mais pour son côté romanesque aussi, menaçant. Risqué. Pour sa poésie existentielle. Une fois, je me souviens, j'arrivais à pied, silencieuse, il avait neigé, une tête couverte d'un bonnet tricoté émergeait du muret détruit d'un ancien potager. C'était un grand vieillard, penché sur un billot, une hache dans une main, dans l'autre un coq qui se débattait. Ils ne m'ont pas vue, ni le coq, ni le vieillard, ni le destin suspendu.

19

J'ai déjà dit que Thomas se faisait passer pour une sorte d'intellectuel avec perspective historique sur le monde d'aujourd'hui, perspective qui ne pouvait se concevoir que par les marges, dans l'opposition et le sarcasme. Et j'ai laissé entendre que j'étais une fille mal à l'aise en société. Probablement Thomas était-il tombé amoureux d'une sauvage totalement sauvage et moi d'un auteur pour temps de catastrophes, chacun de nous deux surjouant son rôle. Je me souviens d'un petit déjeuner, quelques jours après notre rencontre dans le parc de la Cité universitaire en face de Gentilly.

On est chez lui, dans son appartement au cœur de Paris. Je marmonne que je me sens dans un EXIL. Lui : Dans un exil ! Moi : Oui, dans une DISTANCE, loin du genre humain. Alors, Thomas me regarde du coin de l'œil, interdit.

Ensuite nous sommes restés sans parler, et au bout d'un moment, Thomas murmura : Ne sois pas snob, ZsaZsa ! Il ajouta : Qu'est-ce que tu es encore en train de gamberger dans ta petite tête de folle, do ré mi fa sol ? Et, ses deux index étirant sa bouche, il me fit la grimace du néant.

Ce sentiment d'être dans un exil, je sais d'où il me vient. Il est né quand mes vacances en Bourgogne ont pris fin. Après le divorce de mes parents (ma mère s'était alors établie à Londres), j'avais encore longtemps rejoint ma grand-mère là-bas, aux vacances. Elle y avait une maison de famille (tissus à ramages, herbiers *in folio*, *Souvenirs entomologiques* de Jean-Henri Fabre, *Papillons d'Europe* en deux volumes, chez Delachaux & Niestlé, et friches alentour, sources, vipères endormies, harmonie, et dans la cour, un buddleia aux panicules violets couverts de machaons jaunes à ocelles rouges, de vanesses et de morios, et de petits sphinx aux ailes invisibles de vitesse ; un buddleia dont le parfum où que je le retrouve reste une preuve de l'existence du paradis) quelque part derrière les Hautes Côtes de Nuits.

Chaque été, nous descendions voir l'Ève d'Autun, ma grand-mère et moi, ma grand-mère née à Puligny-Montrachet, le seul endroit de la côte sur lequel la neige ne reste pas, ma grand-mère qui comme un montrachet était blonde, solaire, et dont la tête atteignait presque le chapiteau de l'Ève que je dessinais sur mes carnets, et d'année en année, tout en grandissant, c'était comme si je m'approchais d'elle, de sa bouche qui me chuchotait un secret à l'abri de sa main, un secret plus détaillé chaque année, et c'était comme si en la dessinant, j'allais peu à peu devenir cette femme-zibeline, pas tout à fait humaine, très animale, un peu opaque, la seule Ève parmi toutes les Ève représentées à savoir se faufiler horizontalement comme une bête entre les branches et les fruits, sans distinction de règnes, la seule que je brûlais de rejoindre, elle, l'enfance, l'été et tous ses détails vifs, précis, diaboliques en plein paradis.

J'avais quinze ans quand la maison fut vendue à la mort de ma grand-mère. Tout bascula ailleurs. Je n'en ai gardé qu'un papillon dans une boîte d'allumettes. Je me suis retrouvée avec ce seul débris pour m'orienter dans la vie.

Pourquoi n'avais-je pas cherché un gîte à louer du côté de mon enfance ? Ou un peu plus bas, plus au sud encore ? Pourquoi être venue dans les gris, tous les gris, les gris-beige, les gris ocrés, rosés, mais gris ? Délicatement gris à l'infini. Pourquoi être venue me replier dans une tanière à l'Est ? Est-ce qu'au moins, elle me réussissait ?

Je m'étais dit, cette nouvelle année qui vient, essaie simplement de capturer ces moments de surprise où la vie, *la vie exactement*, il ne s'agit que d'elle, où la vie surgit sous tes yeux comme une surprise que tu surprends, et je revois ce bosquet de roses de Noël, elles conversaient à cinq ou six dans leur feuillage découpé, vert sombre d'ellébore, larges, pâles et éblouies, en bordure de la baraque, je m'apprêtais à en cueillir une, elles ont sursauté, et j'ai fait semblant de ne pas les avoir vues, et j'ai seulement ramassé une poignée de neige.

En face, dans un sapin, un oiseau. Ses mouchetures de blanc. Son bec épais.

Sayo : « J'attends désespérément le paiement d'un acheteur. C'est quelqu'un de grossier. Je l'ai su dès son premier message écrit dans un français qui racontait tout de son caractère : vulgaire. On dit "geihin" en japonais. Rien que prononcer ce mot est détestable, pourrit la bouche. Mon père prononçait "kahin" pour éviter d'en être touché. Ce n'est pas le moment en parlant avec toi de penser à eBay, mais il y jaillit tellement de vulgarité (– –) ! Il en rejaillit sur moi. J'ai des antennes pour ce qui est vulgaire. Depuis toujours. Mon professeur de français me lançait chaque matin quand j'entrais dans la classe : Salut Sayo ! Comment va la vulgarité de la vie ^^ ! Tu sais, ZsaZsa, j'ai peur de février prochain qui s'approche et de tous les papiers que j'ai à préparer. Et j'ai peur de la réponse que j'aurai, en avril. Si on me dit non ? Si on me refuse la carte de résident ? Ici il fait froid. J'ai toujours deux bouillottes dans mon lit et un chat dessus, et j'ai encore froid. Je m'arrête là. C'est déjà le matin, à bientôt ZsaZsa. »

Elle m'envoya par mail une photo de son ombre portée sur le mur de sa terrasse : « Je ne pleure pas, mais j'en ai l'air à cause de la main devant le visage qui prend la photo. J'aime beaucoup faire des photos de l'ombre, les ombres de moi. »

Que valait mon sentiment d'exil, face à celui d'une exilée, corps et langue, et sous menace d'expulsion ? Que valait mon sentiment d'étrangeté humaine, pur luxe, au regard de la situation de Kat-Epadô considérée par la société comme dérangeante, superflue ? N'y avait-il pas là, malgré tout, dans ce sentiment partagé d'un exil, même disproportionné, la frêle possibilité pour moi de rejoindre ce qui, en elle, semblait inaccessible, secret, farouchement tu ?

20

Même si la Chine et le Japon n'ont plus rien à voir, même s'ils sont presque antinomiques, même si quand je rangeais les auteurs japonais avec les chinois, cela faisait hurler mon père, je la trouvais très chinoise, ma Japonaise. Très Li Bai. Comme Li Bai, Kat-Epadô aimait commencer une annonce par quelque chose d'excentrique, d'exagéré, de drôle : une image imprévue qui faisait sursauter à la façon d'un éclair et de son tonnerre. Ainsi, elle s'amusait à me réveiller d'un coup de poésie sur le crâne (car qu'est-ce que la poésie sinon un coup sur le crâne), et j'imaginais son rire sans bruit, caché de sa main, le soir de l'annonce du 22 décembre.

CdG Robe noire

Cette robe est un poisson à deux têtes.
Le bas, un seul tube étroit.

Le haut, deux grosses bouches ouvertes (^^) en réalité deux manches ballon bâillantes jusqu'à la taille. Votre ennemi en reste sans voix.

Je me souviens de m'être demandé, qui donc est son ennemi ? Et moi, ai-je un ennemi ? Même pas. Et un ami ? Plus vraiment. J'avais trouvé ça inquiétant. Mais je m'y faisais.

À la boulangerie, petits gâteaux secs en forme d'étoile à cinq branches.

Le soir de Noël, j'ai mangé des gâteaux-étoiles achetés au village. Les ai mangés tous. Sauf un. Je pensais à l'Étoile de Raymond Roussel, rapportée d'un déjeuner avec Camille Flammarion (astronome), déposée dans une boîte d'argent faite à ses mesures, au couvercle de cristal, fermée par un minuscule cadenas d'argent lui aussi, complétée d'une étiquette en parchemin où Roussel avait précisé la provenance de cet étrange objet, et le jour du déjeuner. C'est Georges Bataille qui retrouvera l'Étoile, aux Puces, l'offrira à Dora Maar (son amour alors). Celle-ci la gardera toute sa vie. Plus tard, avant d'être mise en vente aux enchères par Sotheby's, l'Étoile sera photographiée et mise en ligne. C'est là que je l'ai vue. C'était une étoile cadenassée. En plus, la clé manquait. Donc une étoile inaccessible.

Il faisait si mauvais, vers Noël, partout, pas seulement dans les Vosges, il faisait si mauvais qu'à la caisse du supermarché, j'ai entendu quelqu'un se demander si nous reverrions un jour le soleil. Moi, j'allais malgré tout marcher, chaque jour, sans but déterminé, et chaque jour, quelque chose se montrait, le temps d'un éclair. Je pensais à mon enfance solitaire, à mon enfance un peu bizarre de fille unique née de parents bizarres et uniques, mais sur le moment, je ne le savais pas. C'est quand les autres m'ont parlé de leur enfance que j'ai découvert que la mienne avait été différente, sans histoires longuement racontées le soir au lit, sans anniversaires fêtés, sans baisers sauf au nouvel an. Sans parents proches, les miens étaient lointains et séparés. Mais, au moins, à quatre heures, c'était fini. On ne me traînait pas au karaté, au cours de danse, à la piscine. J'avais la paix. Ma drôle de paix. Je me souviens d'avoir vécu dans un climat d'aridité humaine, en Bourgogne comme à Gentilly, d'une étrange intensité. Je me revois essayer de percer les murs de la réalité de toutes mes forces pour découvrir quelqu'un derrière. Personne. Alors, je me suis arrêtée aux murs, je les ai scrutés.

Débrouille-toi seule, on a autre chose en tête, semblaient dire mes parents. Ce n'est que plus tard, adolescente, que j'ai vu mon père s'intéresser à moi et m'initier lui-même au chinois. Il n'avait pas voulu que j'apprenne le chinois dès le lycée. Tu feras d'abord du latin et du grec, avait-il dit. Tu apprendras d'abord à connaître ta propre civilisation. Le chinois viendra après. Il disait que ce qui se passait dans les universités était un désastre, tout pour le chinois et la modernité, plus rien pour les principes fondateurs et le grec. Il avait voulu m'instruire contre le désastre, contre la suffisance de la modernité. Il avait exigé une certaine instruction n'ouvrant sur aucun métier. Il m'avait imposé le luxe. Pour autant l'affection m'a-t-elle manqué ? Est-ce que j'aurais aimé qu'on me serre dans des bras ? Qu'on m'y étouffe ? Eh bien, non ! Curieusement, non. Surtout, non. Surtout qu'on ne change rien à ce qui a eu lieu. Ce qui a eu lieu est toujours une perfection, c'est à ce moment-là, exactement, que le hasard peut se changer en destin. Avec leur absence d'affection, mes parents, c'est un cadeau (un étrange cadeau mais un cadeau) qu'ils m'ont fait. Ils m'ont offert la solitude. Ils ont laissé la place, en moi, au manque, au rêve. À l'*appel d'air*.

Pourquoi avais-je engagé des études d'histoire de l'art et non pas littéraires ? J'ai voulu éviter la domestication de ce qui m'importait le plus, et les chemins ouverts, déjà pensés, tracés, savants. J'ai voulu m'avancer absolument minuscule dans la forêt vierge de la littérature, ouvrir mes propres pistes, y chasser seule. *Pour l'ingénuité*.

21

Le samedi 29 décembre, Sayo vendit aux enchères une robe, sans doute sa préférée, et façon de convertir sa perte en signes, elle en avait minutieusement rédigé l'annonce, même si ce n'était que du sable à ses yeux, de la poussière.

CdG Robe indigo

Elle est en rayonne teinte d'un indigo véritable, sombre, légèrement fané.
Large, presque carrée, sans emmanchures, mais pincée ici et là.
Totalement asymétrique, mais avec naturel.
Imprimée d'oiseaux.
Elle n'est ni occidentale ni orientale et pourtant si japonaise.
Cela vient de sa ligne penchée à l'avant, comme une personne aînée, expérimentée, sage, en kimono, et qui se plie un peu devant vous.
Pourtant, elle ne s'intéresse pas à sa nationalité.

Ses oiseaux non plus.
Moi pas davantage.

Des oiseaux, « là-bas », il n'y en avait presque pas. Pas même de corneilles. Encore moins de corbeaux. Alors, j'ai décidé de les faire venir. J'ai acheté des graines. Et ils ont débarqué, en plein hiver, comme des extra-terrestres. Ils n'avaient pourtant rien de mirifique. Ce n'était pas des merles indigo, des rolliers turquoise ou des guêpiers azur. Pas du tout. Mais chacun transportait une cargaison de voyelles, *a e i o u*, et des concisions, des ellipses, des métonymies. Et malgré leur petitesse et leur grisaillerie, on aurait dit les terribles oiseaux de l'Apocalypse qui venaient se recharger d'énergie ici, dans cette clairière, façon d'attendre l'heure où, en un grand banquet, ils s'envoleraient là-bas pour aller manger la chair des rois et des forts et des puissants et des puissances de la société, et des vieux roués, et venger les horreurs, tellement ils me semblaient impatients, guerriers, durs. J'ai vu apparaître toutes sortes de mésanges, des verdiers, un bec-croisé, des sittelles, et les premiers bouvreuils, et d'autres dont je n'étais pas sûre du nom, trop rapides, trop condensés, trop petits, trop gris. Explosifs.

Je me sentais de leur côté. Je savais que le genre humain est épouvantable. J'ouvrais souvent

Isaac Babel et il me le disait. Babel, 1 309 pages imprimées sur papier bible, édité par Le Bruit du temps, diffusé par Les Belles-Lettres, tantôt une merveille, tantôt une épouvante, était posé sur une planche, à côté de la radio. Il la prolongeait. Il ne vous regardait pas mais il vous disait tout, bien mieux et davantage que la radio. Il vous disait qu'au genre humain, il ne faut pas se fier. Il n'y a que les écrivains pour vous le dire, jamais la société ne vous l'avouera. Elle vous cachera le Mal dont elle est pétrie, par honte. Par humanisme.

Pourtant, deux mois plus tard, il m'arrivera une histoire qui allait me contredire. Je venais de nourrir mes oiseaux des derniers temps, ils allaient, venaient, sous mes yeux, tandis que la radio par la fenêtre ouverte parlait de dépôts de bilan, de démantèlement de camps de Roms, d'embarcations chavirées. Je suis rentrée consulter *Lemonde.fr*, et j'y ai découvert une enquête, « Au trésor des pauvres ». Je la lisais avec attention, quand il me sembla soudain que les oiseaux qui se pressaient au seuil de ma porte et les membres de l'association ATD Quart Monde dont il était question, par un effet de synchronicité (cet effet qui est la rencontre d'un état d'âme et de la réalité) venaient de se télescoper. De faire sens. C'était comme si l'affairement des oiseaux m'avait annoncé l'existence d'un lieu où des gens rassemblent les traces des injustices subies par ceux que la misère rend invisibles. Ils me disaient que ce lieu ressemble à une bibliothèque constituée d'une succession de boîtes d'archivage dans lesquelles ont été recueillis les mots et les visages de ceux que l'on entend rarement : deux millions de photographies argentiques et numériques, 10 000 heures d'enregistrements sonores dans dix-sept langues, 4 000 peintures et dessins sont ainsi conservés dans la commune de Baillet-en-France. Parce qu'il faut garder une trace des injustices subies. Rendre une mémoire aux pauvres. En attente du Jugement dernier. Qui aura lieu.

J'allume la radio, à chaque fois j'entends comme un immense tremblement de terre. Quelque chose s'écroule.

Je connais un oiseau qui chantait avec assurance au cœur de la dévastation, m'a soudain dit Emily D. La dévastation, on y est, ça c'est sûr, lui ai-je répondu. Mais comment chanter ? Chante, a dit Emily D.

22

À l'intérieur de mon abri pour réfugiés des bombardements : calme, bougies, pénombre, livres, fantômes sortis des livres, murmures des longues conversations hors du temps. J'ouvre la porte, un corps immense, mystérieux, brutal, sensuel, s'agite plein d'encre fraîche : la nuit. Elle m'attendait. Je mettais un manteau et j'allais la rejoindre. J'aime marcher, particulièrement la nuit, mon corps monté à sa surface, devenu sixième sens, fourrure sensible, chauve-souris. On avance au radar. Au retour, j'allumais l'écran, et ça produisait dans ma tête un étrange court-circuit, ou plutôt, ça la coupait en deux. Ou plutôt, ça la doublait. J'avais deux têtes, l'une tournée vers la forêt, l'autre vers le monde.

Ordre sous le *chaos*. Bond en avant. Grandes courses.

La plupart du temps, j'allumais l'écran seulement pour retrouver Sayo, me fichant du reste. Combien de fois me suis-je demandé : mais qu'est-ce que je suis venue faire ici, dans cette baraque, si ce n'est rencontrer Sayo, une nuit de vent et de grand hasard ! On vous demande souvent : Êtes-vous hasard ou destin ? Moi, je suis hasard. Le destin vient après.

Mais je ne savais toujours pas à quoi Sayo, sous Kat-Epadô, ressemblait. J'ai fini par lui demander : Comment est ton visage ? Tu m'enverras une photo ? « Je t'en enverrai une, un jour, m'a-t-elle répondu. En attendant, je peux te préciser que j'ai de grands sourcils en forme d'accent circonflexe. Des sourcils comme ça : ^^. » Et ta voix, ai-je demandé ? « J'ai une voix de garçon, a-t-elle répondu. Avant de te choquer, j'avoue par avance que je suis un gros fumeur (– –) ; ; je fume trop. Ne me téléphone jamais. Et en plus, mon français, à l'oral, est trop inférieur. »

Et nous sommes passés en janvier. Qu'annonçait-on pour la nouvelle année ? Rien de bon.

Et je replongeais dans Du Fu. *Regretter temps/ fleurs verser larmes.* Quand j'en ressortais, je fendais le bois, avec ma hache, tantôt en vers pentasyllabiques avec césure après la deuxième syllabe, tantôt en vers heptasyllabiques avec césure après la quatrième syllabe. Quelqu'un m'aurait écoutée, il n'aurait perçu qu'une suite de clac clac/clac clac clac ou de clac clac clac clac/clac clac clac, et n'aurait vu à mes pieds qu'un tas de petit bois, sec comme des os, hargneux, oscillant, écroulé.

J'avais demandé à Sayo, l'air de rien, la date de son anniversaire. Elle ne me répondit évidemment pas. Elle était opacité et imprévisibilité. Elle n'en faisait qu'à sa tête. Elle savait déjouer la moindre approche, réapparaître où je ne l'attendais pas. Quelques jours plus tard, je reçus par surprise un paquet contenant un livre. C'était *La formule préférée du professeur*, de Yoko Ogawa, édité par Actes Sud, et recouvert d'un merveilleux papier repassé, et plié de telle sorte qu'il tenait sans Scotch. Dans le livre, elle avait glissé un feuillet diaphane sur lequel elle avait tracé de son écriture d'écolière : « Je suis vraiment nulle en mathématiques, mais j'adore la magie des nombres. Dans ce livre, où l'on parle beaucoup de nombres premiers, est cachée la date de mon anniversaire. Devine-la ^^. »

Deux jours après : « Tu as dit un 23.11 ? Cela frôle la vérité ^^ ! Mais non. Cherche mieux. » J'ai cherché, relisant trois fois le livre, c'était toujours non, cherche encore. Quelle était la date de son anniversaire ? Je ne le sais toujours pas.

Un soir, crevée par ma journée d'exercices concrets, plancher récuré, cendres vidées, bois rentré, avant d'aller dormir je suis allée voir mon courrier. Chiffre 1 en rouge ! Sur le moment je n'ai pas du tout pensé à Sayo. Ce n'était pas son heure. Et pourtant, c'était un message d'elle, accompagné d'un fichier que j'ouvre : « Le premier jour de l'an, j'ai fait une photo. C'est moi qui te salue. »

Un visage a surgi dans l'embrasure de l'écran comme si quelqu'un tentait de pénétrer chez moi par la fenêtre, introduit déjà jusqu'aux épaules. C'était Sayo ! Une de ses mains lui masquait la moitié du visage. Riait-elle ? On ne voyait pas son nez ni sa bouche. Mais son front, barré d'une frange. Ses pommettes, encadrées de cheveux lisses et noirs. Ses sourcils, tracés d'un pinceau sûr, arqués, comme haussés par un grand étonnement. Ses paupières étirées, nues, extrêmes, étranges, barrant à leur tour deux prunelles noires d'oiseau, prunelles rapides, aussi aiguës que des pointes de poignard et qui me scrutaient jusqu'à toucher le tréfonds de mon âme. Jusqu'à la percer d'une vérité. D'une sévérité.

Je pense qu'à ce moment-là, quelque chose, en effet, me transperça. Je vis Sayo autrement, ayant enfin, par-delà sa fiction, la preuve de sa réalité. En tout cas, c'est l'intrusion de cette photo qui m'a soudain conduite à penser à un mot double, lequel (et ceci de façon très surprenante) s'est imposé à moi comme un titre possible : *L'oiseau-fille.*

Commence un roman, me suis-je dit. Lance-toi comme ça, à partir d'un titre seulement, essaie, me suis-je répété, interloquée moi-même. Tous les ingrédients sont là dont le personnage en personne. Le même soir, pourquoi ai-je ouvert Isaac Babel : « Pourquoi ce cafard qui ne passe pas ? Parce que je suis loin de chez moi, parce que nous détruisons, parce que nous avançons comme une tornade, comme de la lave, haïs par tout le monde, la vie vole en éclats, j'assiste à un immense office des morts qui n'en finit pas. » Le même soir, pourquoi me suis-je répondu : commence quelque chose de neuf. En dépit de la mort. Parle de celle qui est venue t'inspirer. Fais-le sans bavardages. Masses et lignes. Rien que la réalité vécue ou rêvée. Sans oublier d'implorer le « cri » dont parle Dante à propos de Giotto, disant de lui qu'il a « *il grido* ». Le cri muet de la lumière.

23

Ensuite, il neigea énormément. Une neige dure comme une drogue dure. Elle allait tenir longtemps, plus dure que jamais. Sa lumière croulait à l'intérieur de ma cahute, en avalanche, immobile.

Passage du chasse-neige.

Soleil. La neige hésite.

Une nuit, elle : « Je mange sur le coin de la table. Je ne sais pas comment font les autres étrangers en France, mais c'est comme ça chez moi. Le reste est occupé par des papiers et des dictionnaires ! Il y a toujours deux dictionnaires au moins à côté de moi quand je mange, et il faut que je m'arrête, parce que je ne sais plus si je parle ou si je mange, si je sors un à un des mots du palais de ma bouche ou de celui de mes dictionnaires. Et tout cela si lentement. Je ne sais jamais dire vite les choses en français. J'ai trop de questions. Par exemple, je rencontre chez toi le mot "désinvolture" que je ne connais pas. Bien que j'en aie imaginé le sens, et après l'avoir vérifié, je pense bêtement que le mot contraire, "involture", existe et qu'il signifie "lourdeur". Mais non. Tu vois, ZsaZsa, j'aime rester longtemps devant un mot avec pensivité. Je devrais travailler davantage mon français. N'est-ce pas ? Je devrais ? Ne crois-tu pas, ZsaZsa ? Cet après-midi j'ai décidé de faire un grand nettoyage. Trop de choses, chez moi. Alors, j'ai jeté. J'ai beaucoup jeté avec un infini plaisir. Ensuite, j'ai mis une petite lampe sur un bureau où je veux écrire plus souvent. »

Renouveler le stock de cartouches d'encre, de papier 80 g, d'épingles.

C'est alors qu'elle redevint encore plus sombre qu'avant ses soucis administratifs en passe pourtant d'être résolus, me disant qu'elle aurait voulu vivre sans statut ni nationalité, sans carte d'identité, sans carte de résident, tête haute et hardiment. Et je l'ai vue redevenir inquiète, méfiante, irritable, sans espoir, me disant qu'elle n'arrivait plus à écrire. Qu'eBay, à la longue, la tuait. Qu'elle devait pourtant continuer rien que pour payer son loyer. Et que son annonce de la semaine était nulle. Et qu'elle n'arriverait jamais à rien.

Depuis que j'avais utilisé le mot *irraisonnable* qui lui appartenait, notre relation s'était insidieusement compliquée. Je pensais regarde bien, observe, note tout, attends, attends, il se passe quelque chose.

Il se passait que, en plus du titre (*L'oiseau-fille*) qui m'avait désigné le personnage d'un roman, le sujet même du roman me vint clairement à l'esprit : qu'est-ce qui se passe entre un écrivain et son personnage s'il est vivant ? Et quelle sera la conclusion ? Incompréhension, déception, trahison ? N'oublie pas les injures en aparté ! Pour autant, n'oublie pas non plus la lumière, l'attente, l'émerveillement, la gratitude.

La première phrase, venue d'elle-même.

Dormi comme une montagne.

24

Le temps s'était dilaté. Une semaine contenait en intensité ce qui m'arrivait d'ordinaire en un mois. Plus rien n'était ordinaire.

Le 5 janvier, le poème fut un chapeau.

CdG Chapeau médecine

Il est en feutre de laine écarlate.
C'est un chapeau médecine.
On tente de vous empoisonner ?
Ce chapeau résiste.
On tente de vous inoculer la grippe aviaire de Chine ?
Ce chapeau intime à la fièvre de céder.

Elle avait pour elle la magie, pas la noire, mais la rouge, celle du cinabre, celle des encres et des sceaux. Parfois, sous mes yeux, je la voyais capter les pouvoirs de l'énonciation même. L'*effet du dire*, elle connaissait. Pour prendre le pouvoir sur quoi ? Le passé ou le présent ? Ni l'un ni l'autre. Je ne sais pas où elle se situait. La magie pour elle allait de soi. Sayo était dans la minute et d'ici-bas. Normal. Le Verbe en Chine ne dépend pas d'une lointaine révélation métaphysique comme le nôtre. Il est sorti de l'eau sur le dos d'une tortue. Depuis, pour les Chinois, tout écrit, le pelage des tigres, les herbes, les pierres, les ossements calcinés. Tout parle. Tout annonce. Ne pas oublier qu'au Japon on utilise encore les kanji, ce qui expliquerait que Sayo soit restée connectée aux oracles anciens. Ou alors, tout simplement, était-elle magicienne elle-même, sa mère (m'apprendra-t-elle plus tard) mi-chinoise mi-japonaise, car native de l'île d'Okinawa où les femmes parlaient aux dieux – avant que les Américains n'y débarquent. Magicienne donc, était Sayo, et ambiguë, compliquée. Et camouflée. Alors, là, oui, camouflée, craignant je ne sais quel traquenard tendu par les humains sur sa route et qu'il lui fallait éviter.

Elle avait aussi pour elle les ténèbres, et la ruse. Elle était du côté des proies, de la nuit, des peurs. Et moi, tellement du côté du jour, les yeux perçants, voyant de loin ce qui frémissait. Je m'étais mise à beaucoup noter. Vite.

Elle : « J'écris lentement. Il me faut deux fois du temps, et deux dictionnaires, pour dire une chose. Je vis aussi avec deux horaires, celui de la France, celui du Japon. L'après-midi ici, c'est déjà le soir du même jour au Japon. Je surveille ce qui se passe là-bas. Je peux à tout moment être obligée de partir. Certaines nuits, je dors tout habillée avec mes chaussures, mon sac à côté de moi. Parfois, je m'étonne dans cette situation de survivre sans avoir peur. Mais le reste du temps, je survis et j'ai peur. »

Je ne savais pas de quoi exactement elle avait peur. Elle me donnait souvent l'impression de fuir un vieux crime, et j'avais fini par me demander si elle n'était pas un peu paranoïaque, ou si elle ne surjouait pas une situation pour m'apitoyer, tandis que je prenais des notes sur ma vie dans les bois. Enquêtes. Le loup était-il vraiment de retour ? Le lynx était-il toujours là ? Investigations. Dessins. J'y ajoutais toutes sortes de documents, croquis, notes de travail, photos prises avec mon téléphone et que j'imprimais. J'essayais de toutes mes forces de bondir sur la vie réelle, et de l'attraper, ce que je préfère à tout.

Puis il se mit à neiger de plus en plus fort. Difficile de sortir. Dans la neige, pour résister, il n'y a que l'action ! Attaque ! Tous vos muscles se tendent vers la survie. On est dans l'instant et pas ailleurs. On se coïncide. Chaque midi, je me préparais aussi du bois avec la hache brillante que j'avais appris à manier, et de temps en temps je la faisais tournoyer autour de ma main aussi bien qu'un revolver, pour le plaisir.

L'hermine, à la tombée de la nuit.

Le 12 janvier, pas d'annonce. Mais le col du solstice d'hiver était bien franchi, et je sentais arriver sans bruit une minute de lumière en plus chaque jour, et cela durerait jusqu'au 21 juin où, en plein cœur de l'été, la mélancolie, secrètement, se réinstallerait.

Elle : « Déjà la nouvelle année ! Le temps est précipitant ! »

Un soir, les hululements d'une chouette hulotte mâle se rapprochèrent de la maison : HOUUUUUU/HOU ! HOUHOUHOUHOUHOUUUU ! À chaque hululement, j'ai répondu : Oui ! Oui ! Oui ! La femelle, silencieuse, cachée, s'en est inquiétée, et lança : *ouit ! ouit ! ouit !*

25

Le 19 janvier, Sayo se sépara d'une veste étrange.

CdG Veste détruite

Elle est à rayures rouge vermillon et à bords vifs, effilochés.
On la dirait lacérée au sang.
Elle a deux pinces devant et une au dos, cousues à gros points pressés avec un gros fil de coton blanc.
Le travail est resté inachevé.
Sans doute exprès car je n'ai jamais eu veste plus efficace.
Son rouge éloigne de vous les horreurs.
Elle se ferme d'un seul bouton.

Pour elle, ses annonces n'étaient pas un divertissement ni un jeu littéraire. Ce n'était pas fabriqué du tout. Elle n'écrivait pas en se disant je suis un poète. Elle n'allumait pas « les néons ». Il en émanait une sombre tonalité d'existence vécue. On devinait que sa vie avait frôlé l'épouvante, et que celle-ci la poursuivait encore. Quelle était son histoire ? J'aurais voulu la connaître.

Elle : « J'habite au Havre en haut d'une barre d'immeubles, et tout autour il y a des nuages, et je pense au Japon, une île aussi, bordée de tous côtés par l'océan. Souvent les nuages me parlent de ma condition, et ils fuient. Moi aussi, je fuis dans une course-poursuite entre mon ombre et moi. »

Noter sur le vif, rêver, noter ses rêves, tendre l'oreille, observer, structurer, imaginer, tailler, aiguiser, c'était mon boulot de romancière. Sayo, elle, avait reçu un immense cadeau de naissance, sans les outils pour le façonner. Elle fabriquait de toutes petites choses, d'instinct. Seule. Lui avait manqué la lecture. J'écrirai pour elle, voilà ce que je m'étais dit. Ce ne serait pas facile. Je le sentais. Pas facile du tout. Je ne voyais que les mésanges qui me réveillaient les oreilles de leurs drôles d'anapestes titi ta/titi ta pour m'aider à raconter l'histoire d'une romancière qui cherchait à écrire contre la barbarie de son temps l'histoire d'une proie qui s'y faufilait avec terreur et grâce. Sayo était pour moi cette part d'innocence qui résiste en tout lieu, malgré les horreurs, et qu'il fallait aider à ne pas se faire prendre. Aider à se faire entendre.

26

Le temps qu'il fait, lui, était devenu le maître de tout : plus dément que jamais, neiges subites et pluies torrentielles, et comme la baraque n'avait qu'une grande pièce directement couverte d'un toit de tôle, quand il pleuvait, c'était sur moi. Magnifique d'ailleurs, car le bruit me tambourinait le corps au point qu'il me fallait arrêter de dormir ou d'écrire ou de lire ou de traduire. Exactement ce dont j'avais besoin pour me remettre à ma place au milieu des choses. Je devenais le bruit. Là-bas, j'aimais les bruits plus que les sons au point de ne jamais écouter mes CD. J'étais donc la pluie, *son ton innombrable*. J'étais la mélodie hurlée du vent. J'étais la chute de la neige qui enfouissait jusqu'au crépitement du feu en elle. J'étais le chant des lérots, ces sortes de souris qui sifflent, et qui persiflaient la nuit autour de moi, museau masqué de noir, prunelles noires, saillantes, deux gouttes d'encre, queue terminée d'un pinceau bicolore pour calligraphe chinois. J'étais le délicat et lancinant cri d'épouvante d'une guêpe, survivante de l'été, en train de se faire vider par une araignée. J'étais l'araignée, son silence, celui du crime. Et j'étais aussi le suspens au-dessus du crime, la paix. Mais ce dernier silence, il y en avait rarement. Il fallait ne plus rien avoir en tête pour qu'il vous efface.

Pour Sayo, la date où elle allait avoir à renouveler sa carte de visiteur et faire la demande d'une carte de résident approchait. Elle : « Mes papiers sont prêts à 99,9 %. Je vais les déposer demain. » Le lendemain : « C'est fait. Je me sens libérée à moitié. Je suis sûre que tu as beaucoup pensé à moi, à ma peur, ce matin. »

Le vêtement qu'elle mit en vente le samedi 26 janvier fut une sorte de blouse de conjuration :

CdG Blouse frêle

Très modestement, certains vêtements à l'air fragile ont une force incroyable.
Cette petite blouse légère est capable de tout.

J'avais ajouté l'annonce de la blouse à la suite des précédentes. Il y en avait à présent quatorze et avec les mails imprimés que j'y joignais, les planches de la paroi nord, sans fenêtre, se sont trouvées recouvertes de feuillets, et ça palpitait dès que j'ouvrais la porte. Je voulais avoir sous les yeux la vie qui s'écrivait. Mais tout était en suspens. Où cela menait-il ? Parfois je me disais que Sayo et moi, nous nous étions rencontrées par chance si on laisse au mot sa substance énigmatique : ce qui dans le jeu vous échoit.

Redresser la baraque. La ranger un peu. Gâteau aux noix. Imprimer des passages de Babel. Les épingler.

Babel : « Tableau de la bataille, des cavaliers qui reviennent couverts de poussière, en sueur, écarlates, aucune trace d'émotion, on a massacré, des professionnels, tout se déroule dans un calme extrême – c'est ça qui est singulier, leur assurance, un travail difficile, des infirmières qui galopent sur des chevaux, un blindé *Igoutchi*. »

Je ne connaissais pas encore le chant du bouvreuil. J'ai découvert qu'un bouvreuil adore qu'on lui parle en bouvreuil. Quand on n'en voit aucun dans les parages, l'hiver, il suffit de siffler des *diu, diu, diu* espacés, très lents, doux, tout en imaginant qu'on est revêtue de rouge écarlate au beau milieu de la neige, et le bouvreuil s'il y en a un, caché, silencieux, pris au charme de sa propre mélancolie, vous répond : *diu, diu, diu*.

27

Les mésanges, autour de moi, n'arrêtaient plus. Elles cherchaient à briser l'hiver à coups de sons minuscules. J'en avais repéré au moins six différentes. Certaines, presque imperceptibles, émettent des infrasons.

Le 2 février, l'annonce de Sayo fut bizarrement retenue.

CdG Chemise à pois

Elle est en fine rayonne gris cendre à pois gris pâle. Elle est ancienne, longtemps portée, avec des usures au bord du col et des coutures.

La même nuit, elle m'envoya un court message accompagné de deux éléments : « Il y a quelques jours, quand je suis entrée dans mon lit, je me suis souvenue de Kurashiki, ma ville natale.

J'ai pleuré. Pourquoi ? C'était il y a trente ans ! Le lendemain j'ai su que je pleurais ma mère. Depuis, j'ai pris un mauvais rhume, jusqu'à mes yeux (– –), ! Je te joins deux photos.

1. La gare de Kurashiki, ma ville natale.
2. Une mère que sa fille faisait pleurer. »

C'était une petite gare de banlieue, simple comme une gare de RER à Paris, aucune différence avec celle de Gentilly, mais plus tard, elle allait me montrer l'image d'un pont arqué, en granit, enjambant le canal de cette ville, pont au dos gravé d'un merveilleux dragon comme d'une autre planète. Et c'était une mère, aux cheveux déjà gris et au sourire troué, une mère qui avait perdu ses dents sans s'en soucier, ou sans pouvoir les faire remplacer. Stupidement, je n'imaginais pas que le Japon puisse être pauvre, élimé, édenté. Et elle, Sayo, avait-elle imaginé que l'Occident puisse être devenu méfiant, dur, fermé ?

Le 8 février, il n'y eut rien. Silence. Pas d'annonce.

Un matin, très tôt, il faisait encore nuit, j'ai pris mon sac à dos, fixé des raquettes à mes pieds, et après avoir étudié la carte IGN, je suis partie vers le nord, par une piste balisée pour le ski de fond. À peine, au bout d'une heure, avais-je franchi le dos de la montagne que, dans le large paysage dilaté, j'ai senti la fumée d'un feu de bois, une sorte d'âcreté astringente qui vous resserre sur l'essentiel. Puis j'ai vu la ferme plus bas. Tassée. Sur le seuil, j'ai enlevé mes raquettes. J'ai frappé. On a crié : Entrez. Elle était toute vieille, tellement vieille. Et menue et fragile. Un visage gris comme si elle se nourrissait de cendres, et non de neige. Un chandail rose tendre et des pantalons de velours vert mousse. Elle venait d'allumer le feu qui crépitait violemment dans la bouche de la cuisinière qui était aussi un ventre avec un four. Elle s'est avancée vers moi, courbée en angle droit, se tenant ici, se tenant là, au bord d'une table, à un dossier de chaise, traînant les pieds, soufflant, on aurait cru qu'il y avait dans ses poumons toute une basse-cour, et elle a refermé la porte sur le froid. « La vieillesse, m'a-t-elle dit, c'est toujours pire, mais je renonce encore pas. »

On était assises face à face à la table encombrée de tout, médicaments et chaussettes, bols, journaux. La cuisinière chauffait la pièce et cuisait le repas et ça sentait les ténèbres et le sanglier. À midi, j'ai sorti ma thermos de thé. Marguerite s'est retournée, et sans bouger de sa chaise, elle a saisi une petite casserole cabossée, minuscule, de conte de fées avec sorcière, l'a posée fumante sur la table, a directement plongé sa fourchette dedans, m'invitant à partager sa choucroute, mais refusant mon sandwich. Tonnerre ! disait-elle, quand elle s'étonnait de ce que je lui racontais de ma vie, quatre mois plus tôt à Paris.

C'est alors que soudain quelque chose a craqué en elle, et elle a parlé. Sa parole était le torrent d'une vie de stupeur emporté par le roulement des saisons. Je n'ai pas su, je n'ai pas pu noter le « d'une traite » de sa parole, se formulant peut-être pour la première fois, charriant son père, sa mère, la Sainte Vierge, le chien, les poules, les vaches, les foins, et le travail, et la solitude, et le chagrin, et l'obstination, et la fierté. J'en ai retenu qu'elle avait quatre-vingt-trois ans. Qu'elle avait été agricultrice. Son père, un père terrible, était mort. Puis sa mère. Elle vivait à présent seule et fille. Et voici que son cheval aussi venait de mourir. Quand elle me le dit, sa figure alors tremble, ses traits se défont, dévastés, et vite elle se reprend : « C'est trop d'avoir perdu mon cheval. Il avait vingt-huit ans. Il a été malade trois jours. Le vétérinaire a dit on l'embarque. Le cheval savait. Un cheval sait tout. C'est intelligent, un cheval. Il n'a pas voulu partir. Dans le camion où on l'a fait monter, il est tombé, il était mort. Faut laisser partir les gens. Faut laisser partir les bêtes. Il est monté dans le camion, et puis il est mort. » Soudain, elle s'était tue comme si elle avait pris conscience de mon intrusion, tellement étrangère à la paysannerie dont elle était issue. Elle avait vu partir, hommes, femmes, enfances, bêtes. En une heure, elle m'avait dit cette disparition. Elle m'avait tout dit.

Elle s'appellait Marguerite. Elle ne faisait pas de distinction entre les humains et les animaux. Pour elle, la mort n'était pas seulement ce qui les unit. Elle avait un chandail rose tendre, des yeux bleus, un teint gris, des mains aux ongles de dinosaure, durs, longs, jaunes, une bouche qui disait « il faut tout laisser partir » et des cheveux qui le niaient, des cheveux de refus, épais, drus, tout blancs.

28

À partir de là, je rendrais souvent visite à Marguerite. Je la voyais venir du fond de la cour, un dos sur trois jambes (l'énigme du Sphinx), poussant du pied, pas à pas, un cageot rempli de petit bois, conquérant encore l'espace, lui faisant front. Ou bien, elle remontait du jardin, un bloc de vie, pliée en deux, à contre-jour, dans une aura de branchages. Ou bien, elle était assise sur le banc, dehors, les deux mains devant elle, posées sur sa canne, guettant mon arrivée, toute sa volonté de vivre condensée dans son regard d'humour bleu.

Elle avait conservé une deux-chevaux. Je lui disais, tu conduis. Je mettais les chaînes, nous prenions la pelle à neige, et nous descendions au village faire les courses. Ensuite, nous faisions ensemble des gâteaux qui cuisaient dans le ventre de son four à bois. Je voulais lui épargner l'hôpital du village où déjà une fois, cet hiver, il avait fallu la transporter après la mort de son cheval. Il n'y avait pas de bêtes là-bas, en bas, disait-elle, pas de poules, pas de chat, il n'y avait rien. À l'hôpital, il n'y avait rien. Il fallait que je revienne ici. Les bêtes, ce sont des confidents, on leur dit tout, et alors, là, elle leva vers moi son regard, pour être sûre de moi, sûre que je comprenais cela, l'essentiel, nous-mêmes, elle et moi, filles et bêtes. Les autres vieillards s'étaient moqués d'elle, à l'hôpital. Ils n'en finissaient pas. Ils ne la lâchaient pas, à cause de son chagrin qu'ils ne comprenaient pas. Le chagrin pour la mort d'un cheval dépassait leur genre humain.

En apprivoisant ma voisine, il me semblait avoir apprivoisé mes parages, l'atmosphère si particulière de là-bas, les bruits, les odeurs, la solitude, la météo. Et la forêt qui m'entourait. La nuit pourtant, quand je sortais marcher, j'allais toujours vite. Je me sentais trop visible dans la neige, et je filais sombre, rapide, le souffle court, prête à bondir de côté dans la forêt qui me faisait moins peur que la voiture de braconniers qui se serait annoncée. Il y avait beaucoup de braconniers, car il y avait beaucoup de bêtes, même si je ne les voyais pas.

Sayo, elle, était nettement plus en danger, sur la Toile, côtoyant un autre genre de braconniers :

« Pour l'instant, je suis plus pauvre que jamais. Et je m'inquiète de savoir si je peux survivre ou pas. Comme tu me l'as dit l'autre jour, eBay n'est pas différent d'une grande décharge, et il est donc normal, si on vit comme moi sur cette décharge, qu'on y croise des hyènes. J'en croise beaucoup. En plus je ne vends pas bien, c'est la crise. Je ne suis pas triste d'être pauvre, mais j'ai peur que la pauvreté menace mon existence. »

Elle parlait peu d'argent. Cette affaire de vêtements vendus un à un la dépeçait vivante. Elle la contrait de toutes ses forces en écrivant ses annonces, métamorphosant la perte en vie sauvée. Je la voyais se débattre pour survivre dans les restes d'un monde en pleine convulsion. Ce monde, je l'avais quitté pour un an seulement. Mon retour serait plus difficile que ne l'avait été mon départ, je le savais. Souvent je n'arrivais pas à m'endormir car j'y pensais. Je me relevais. Je remettais une bûche dans le poêle. Je m'installais à la table, la tête dans mes bras repliés, à demi couchée sur la jungle de son tapis. Le poêle soudain ronronnait. Des langues de feu s'agitaient, roses, tendres, animales.

29

Il se remit à neiger. J'avais choisi mon année pour vivre l'aventure : la pire des années. Disons une année historique. Même au Havre, il neigea. Et chez moi, ce n'était plus de simples flocons qui tombaient, mais des flocons exagérés, sortis de Li Bai, aussi larges que des mains, et qui se précipitaient au-devant de vous pour vous entraîner.

La baraque devenait de plus en plus terrible, aux deux sens du mot. Au beau milieu, trônait l'écran. Tout autour, au sol, un désordre proliférait dans une atmosphère tout à fait spéciale d'excitation. Dehors ? Le péril climatique, son temps d'exception, neige et neige et encore neige, et neige, et neige. Personne n'avait jamais vu ça. Moi ? Le sentiment d'être en vie en dépit de tout. Aux aguets. Disponible à la vie dans ce qu'elle a de plus infime, de plus inattendu. Là-bas, même les coups de vent me plaisaient, *Bang Bang*. Et je chantais *Bang Bang*.

Le 16 février, Sayo fut de retour :

CdG Veste palindrome

Elle est en laine noire.
Elle a deux larges encolures, une en haut, une en bas, et un seul bouton entre les deux.
Si on la porte sens dessus, c'est une veste normale.
Si on la porte sens dessous, l'ordinaire se renverse, les manches deviennent étranges, des coupes savantes s'évasent le long du corps : c'est la beauté.

Elle disait : « Mes annonces, c'est le seul espace où je ris ^^ ! » On ne savait jamais si elle riait ou pleurait. Si c'était teint ou déteint. Fiction ou réalité. Roman ou récit. Chemisier ou pantalon. Oiseau ou poisson. Garce ou Garçons. Elle scintillait. Et il y avait un trouble au milieu de ce scintillement, un trouble dans le genre.

La plupart du temps, elle vendait de simples CdG, usés, attendrissants. Ils ne partaient pas à des prix délirants. Je me demandais comment elle s'en sortait. Elle me dirait plus tard qu'elle vendait directement ses plus belles pièces à un collectionneur qui dans sa jeunesse avait été « foudroyé » par sa rencontre avec CdG. Il existe toutes sortes de rencontres. On peut rencontrer un vêtement : il vous foudroie. On peut rencontrer un pseudo : il vous possède. On peut rencontrer un oiseau : il vous fait rougir. La plus petite rencontre contient sa part explosive qui fracture quelque chose en vous.

Le 23 février, la veste disparut, remplacée par un manteau :

CdG Ancien manteau de laboureur

Il est en feutre épais.
Il est entièrement nuancé de gris, gris-bleu sombre, gris-vert sombre, délavé comme un message envoyé pour un deuil, quand on frotte moins fort la pâte de suie mouillée de nos larmes.
Il n'a pas de fermeture.
Ses deux pans se croisent.
Il est puissant.
Il compatit à la mort.

C'est peu après, fin février, qu'elle me dit avoir vendu, par besoin d'argent, directement à son collectionneur le plus important, dix pièces d'un coup, pièces de défilé, rares, convoitées, datant du début des années quatre-vingt, et qu'elle avait autrefois mis longtemps à rassembler. Elle se retrouvait tranquille pour six mois et dépouillée de tout. Je lui ai demandé combien il lui restait de pièces « Trois, me répondit-elle. Trois dont je n'ai pas pu me séparer. » Et ensuite, dans six mois, comment feras-tu ? « Je pourrais être veilleur de nuit », a-t-elle dit. J'étais malheureuse pour elle. Qu'allait-elle devenir ? Et moi ? Déjà elle me manquait. Pourtant, je sentais que rien n'était fini, que rien ne s'était arrêté. Au contraire, quelque chose s'accumulait en secret, une vitesse intérieure.

Grives draines. Elles vivent en bandes. Elles arrivent tôt. La grive musicienne viendra plus tard.

30

Les neiges décampent, laissant derrière elles de grandes plaques vertes. Toujours plus grandes.

J'ai commencé à ressortir, sans raquettes. J'allais loin, quittant mon versant granitique pour découvrir d'autres versants gréseux. Je m'adossais à un arbre. J'observais qu'un des rochers avait le profil bancal d'une tombe ouverte dont on sentait un souffle froid s'échapper, un peu comme une haleine en manque d'une vie palpitante ; que celui d'à côté était carrément une table. Je notais que la table était mise, creusée de cupules pour y recueillir le sang des victimes. Des trucs passionnants comme ça. Soudain, un oiseau commençait à dialoguer avec un autre au loin. Je notais les séquences sur un carnet. Et leurs tons. Je n'avais pas oublié mon projet initial, pas si éloigné de mon roman que ça, car avec les oiseaux on est à la fois dans la grammaire et la musique. Si la langue du troglodyte est un lancer de cinq à six grains de cristal, celle du rouge-gorge est faite de courtes phrases entrecoupées d'un tremblement entre les graves et les aigus qui leur donne une tonalité de désolation qui me ravageait, comme un poème de Du Fu, mon préféré des préférés.

Je sais siffler le chant du rouge-gorge et celui du troglodyte.

J'avais fini, à la suite de nombreux exercices, par muscler mes joues, mes lèvres, mon gosier, et je sifflais bien. J'arrivais à répondre aux oiseaux. Lesquels s'y trompaient. Ce qui me fit penser à Jacques Brosse. J'aurais tellement aimé lui faire entendre ça. Cet écrivain avait été le plus vieil ami de mon père. Le chinois les avait liés. Et les arbres, et les oiseaux bien sûr. Dans les années soixante-dix, Jacques venait souvent à la maison, dans les branches, car l'appartement était comme posé dans les branches d'un grand jardin avec arbres. Je lui avais fait un jour un croche-pied, alors qu'il passait le long de la bibliothèque. Il avait trébuché. Il était en colère. Puis il avait comme réfléchi et nous étions devenus amis. Je barbouillais déjà des peintures. J'avais sept ans, huit ans, neuf ans, quand il venait. Tous les âges, disait-il. Il me regardait faire. Un jour, il s'est assis auprès de moi. Il a dit : ZsaZsa, tu es mon maître. Et nous avons peint côte à côte. Il se réjouissait des taches, il disait comme c'est dégueu, en riant toujours un peu jaune. C'est lui qui m'a appris à dire « dingue », il aimait dire *dingue*. Plus tard, au début des années quatre-vingt-dix, nous nous étions retrouvés. C'était au Jardin du Luxembourg. Jacques était devenu quelque chose comme un archevêque zen, et tout en restant un enfant, il avait rejoint les grandes personnes, et ce jour-là, nous marchions, gravier, rosiers, allées, quand il m'avait annoncé qu'il serait sans doute un jour académicien et qu'il aurait le fauteuil de Claude Lévi-Strauss déjà très âgé, de vingt ans son aîné, et son collègue à « Terre humaine ». Nous avions ri car j'avais imaginé Jacques vêtu d'un feuillage vert, mêlé de baies rouges, où l'important personnage qu'il était devenu se serait plus ou moins dissimulé, tel Vertumne, le dieu étrusque des jardins. Mais il avait fallu attendre. Et finalement Jacques Brosse était mort, le 3 janvier 2008, un an avant Claude Lévi-Strauss, mort à cent ans (on le sait), le 30 octobre 2009. Une sorte de farce, zen, du hasard. Et dix ans plus tard encore, à propos de ce même Jacques Brosse qui avait eu le grand prix de littérature de l'Académie française pour l'ensemble de son œuvre, celle d'un naturaliste et d'un spécialiste des religions, et dont *L'inventaire des sens*, un livre resplendissant, avait été publié dans la maison où je venais de l'être également – plus tard, donc (c'était l'automne dernier), je m'étais aperçue, comme je parlais de lui, que plus personne ne savait qui il était dans cette maison. Du rez-de-chaussée au deuxième étage, de bureau en bureau, non, plus personne ne savait qui était Jacques Brosse. Et même son livre avait disparu. Une histoire à méditer, une histoire sans réponse ? Un *koân* ?

Promenade avec Marguerite le long du chemin au soleil.

31

Une grosse ferme. Un garçon en anorak rouge. On se dit deux mots. Un chant jaillit au-dessus de nous comme *la confirmation d'une merveille*. Le garçon ramasse un caillou, le lance. Moi : Pourquoi tu veux le tuer ? Lui : Parce que je l'aime.

Sayo fit silence tout le mois de mars. Je travaillais sans trop m'en inquiéter. N'était-elle pas celle que personne n'avait vue, que personne ne voyait ? J'étais en train de tout lui voler. Mais je ne me sentais pas coupable d'avoir saisi au passage les poèmes qu'elle avait écrits et dispersés aux quatre ventes ; je ne me sentais pas coupable de les rassembler, façon de reconstituer le corps dépecé de mon personnage ; pas coupable d'être celle qui allait les publier, ramassant la donne de ce jeu sans merci : la triste histoire de Sayo ; pas coupable de couvrir mes murs des écritures d'une perte qui n'était pas la mienne. N'étais-je pas celle qui allait pour finir la sauver, la faire vivre pour de bon et pour longtemps ?

À part le péché originel, je ne connaissais pas la culpabilité. Pourtant, le péché avait marqué mon grand-père paternel, Johannes, issu d'une lignée de figures de l'Ancien Testament, des calvinistes, qui le menaçaient encore du doigt alors qu'il était déjà chauve. Et à son tour, Johannes avait menacé mon père, Élie, du même doigt biblique. Mon père, quand j'étais enfant, était encore hanté par ce doigt qui voltigeait autour de lui, le désignant. C'est alors que je m'aperçus d'une chose plus que bizarre : le lieu où j'étais venue chercher un abri temporaire, près de Saint-Dié-des-Vosges, avait été au XVIIe siècle un refuge pour un petit groupe de calvinistes obligés de fuir. Ils avaient vécu en Robinsons suisses non loin d'ici, clandestinement, dans les forêts, du côté du Donon. Ils s'y étaient construit des huttes, avaient cultivé des champs. Chose qui aurait beaucoup troublé mon père, ce puritain prédestiné (et qui, moi, m'amusait), et je me demandais seulement si de cette aventure gothique du grand Est, toute de verticalité sombre, il restait des indices, des fondations, un enclos, des tombes ?

Et si ce doigt qui désignait Élie, mon père, le poursuivant, était celui qu'il avait tenté d'attraper pour en faire son pinceau chinois ? Vertical, léger, calme.

Soudain, le 10 avril, vers onze heures du matin, mon portable a sonné. « J'ai la carte ! » a dit une voix. Oh ! sa voix. C'était la première fois que j'entendais la voix de Sayo. La voix ? Une vibration qui vous laisse une empreinte indélébile. La sienne était sombre, rauque, allait avec son visage aux yeux obliques de chat traqué que j'allais découvrir, de face, en entier pour la première fois, sur la photo de sa carte numérisée et envoyée par mail une heure plus tard. Longtemps j'ai scruté ce visage. Il avait les yeux d'une bête qui n'a pas encore perdu.

Elle : « La carte de résident est de petite taille comme une carte bancaire. Je la contemple. La voilà. » Et je la contemplais moi aussi.

Je lui ai répondu qu'elle ressemblait vraiment à une bête en fuite. Et je me disais, oui, à *une bête rusée, sauvage, rampante, qui doit mentir : qui doit mentir sciemment, volontairement, envieuse de butin, masquée de couleurs, masque pour elle-même*. Elle : « C'est bizarre, j'étais et je suis une bête solitaire. Pourtant j'ai essayé de me joindre à des gens de cœur et toujours en vain. » C'est alors que je lui ai parlé de ce que j'avais mis en route. Parlé du roman. Elle se tut une seconde longue comme un immense blanc. Puis dévia, passa à autre chose. Le lendemain, j'ai cueilli des violettes larges et pâles, des primevères gelées, d'autres fleurs frissonnantes, j'en ai tressé une couronne et la lui ai envoyée en Colissimo, y joignant une étiquette où j'avais écrit : *Pour un poète.*

Elle : « Ton colis est arrivé. Il était encore vivant. J'ai regardé la couronne que tu as faite pour moi comme une félicitation pour un cancre (^^). J'avais envie de dire à ma mère : Regarde, c'est ZsaZsa qui me l'a envoyée. Elle, de très loin, m'a soufflé : Mets-la sur la tête, prends la photo ^^ ! J'ai pris la photo. Je te l'enverrai, un jour. Suis-je poète ? Cela me fait honte (°°). »

Je lui ai téléphoné à mon tour, pour la première fois, et je crois que c'est alors, oui, que je lui ai proposé de m'écrire le récit du passé dont elle ne m'avait encore jamais parlé. J'ai dû lui annoncer à ce moment-là que le roman s'écrivait au jour le jour et que je m'étais arrêtée au dernier vêtement. Lui ai-je alors parlé de la baraque tapissée d'une couche de feuillets de papier ? De ses mails ? De ses annonces ? Et de mon désir ? De mon désir d'un roman ? De la merveilleuse idée que serait un roman de sa vie ? Par mail ensuite, elle a dit oui, sans aucune réticence, comme si elle avait accepté depuis longtemps. Elle a dit : « Oui, je le ferai même si c'est là que se trouve ma pire vie (°°). Tu es prête à m'écouter, ZsaZsa ? »

32

J'étais étonnée que Sayo ait accepté aussi facilement. Je m'étais attendue à être plus mal reçue, car tout en me disant (et lui disant) que j'allais faire de sa vie un livre, j'avais tout de même un peu mauvaise conscience et sur ma table une carte postale du *Cauchemar* d'Heinrich Füssli. Le tableau, ce printemps-là, avait été sorti du Detroit Museum pour l'exposition « L'ange du bizarre », à Paris. Cette image me troublait beaucoup. J'y revenais sans cesse, sans doute parce que je me reconnaissais dans la sombre figure accroupie tel un scribe sur la longue forme nuageuse de celle qui dort (et qui sans doute parle en dormant). Ce monstre tassé, grimaçant, affreux, à l'écoute, est pour moi la figure du romancier, celui qui se nourrit de la vie des autres, de leur innocence ou de leurs crimes, qu'importe, pourvu qu'il capte la frêle palpitation d'un être humain.

Et elle ? La Rêveuse ? Pourquoi avait-elle accepté avec une telle facilité de me raconter sa vie ? Car la voleuse que j'étais ne la volait pas sans son consentement. Sayo était venue d'elle-même m'en confier des bribes, et voilà qu'elle allait me raconter le tout. Je devinais dans cette situation un danger potentiel. Je me suis donc posé toutes les questions possibles comme par exemple : est-ce que j'allais lui envoyer le roman au fur et à mesure ? Non. Rien pour le moment. J'ai également pris toutes les précautions, comme de lui expliquer que je raconterais son histoire en utilisant des procédés romanesques. J'ai émis des réserves : ce livre ne ressemblerait pas forcément à celui qu'elle aurait souhaité. Et enfin, j'ai annoncé qu'il me faudrait être sans indulgence, envers elle, envers moi. Pour finir, laissant de côté mes doutes, j'ai décrété que le roman à venir serait une forme mentale issue de *mon* cerveau.

Apparemment, nous nous étions mises d'accord. J'allais écrire une histoire dont Sayo serait *le modèle*.

Elle me répondit, avec son insolente humilité habituelle : « Un modèle ? Tu te trompes sur moi. » Et elle m'envoya sa photo sous la guirlande (le dos du téléphone sans doute tenu à bout de bras, face à elle), une guirlande dont les fleurs exténuées par le voyage s'étaient fanées et pendaient. Là-dessous, Sayo semblait s'être glorieusement couronnée de ses défaites, même si ce fragile oiseau-fille n'en finissait pas de me fixer de ses sombres yeux inquisiteurs sous leurs sourcils arqués, prêt à se défendre, bec et ongles. Me semblait-il.

L'échange

1

À partir de cette couronne, il y eut entre nous un échange de choses contre des mots, de présent (dans les deux sens du terme) contre du passé, et un contrat tacite s'instaura. Troc/translation/transfert/transfiguration.

C'était à moi de réagir à son dernier message, et au lieu de lui dire oui, je suis prête à t'écouter, je lui ai envoyé un colis. Avec le plaisir ténébreux et la sorte d'excitation qu'on ressent quand on ferme les écoutilles de la raison et qu'on fonce à l'instinct, qu'on passe à l'acte, j'y avais empilé du riz noir de Camargue, des olives de Provence et du pain d'épice, tout ça sombre, odorant, envoûtant, c'était voulu. Puis je me suis efforcée de ne pas attendre la réponse. Celle-ci arriva deux semaines plus tard.

« Mon histoire secrète commence à Tokyo dans un petit bar invisible, entièrement noir à l'intérieur. Ce n'était au début qu'une vieille maison basse, peut-être un ancien *love hotel*, un endroit un peu mystérieux, une sorte d'ermitage extra-muros au cœur même de Shibuya. De la rue, elle semblait une maison d'un charme insignifiant. On ne la voyait pas. Elle savait se rendre invisible, et parfois au contraire devenir une cible pour le regard, et alors elle était capable de bouleverser votre existence. Pourquoi une pauvre maison peut-elle paraître si pleine de promesses ?

« J'étais une jeune fille errante. Ma vie avait été de famille, de soumission, une vie qui s'écoulait, ennuyeuse, ancestrale, ma mère allait en tongs comme sa mère et portait le kimono. À quatorze ans, j'ai voulu être orpheline. J'ai fugué. J'ai été une fille disparue. J'ai rejoint dans les montagnes la tribu des Foudres-Corbeaux-Rouges dont j'avais entendu parler et qui vivaient librement. Puis je suis venue à Tokyo. Je n'avais pas d'appartement. Je bougeais tout le temps. Un jour, je n'aurais jamais dû passer dans cette rue, ce n'était pas mon chemin, quand ce petit bar s'est proposé, par innocence, sans aucune duplicité, il ne m'attendait pas, je suis sûre qu'il ne m'attendait pas, il était sans traquenard, et j'y suis entrée.

« C'était au début des années quatre-vingt. Je frôlais vingt ans. Cet endroit un peu mystérieux, invisible, transformé en bar, était géré par des garçons du même âge que moi, comédiens, danseurs, une petite bande. Leurs cheveux étaient longs, noirs, lisses. Ils les serraient sur la nuque en queue-de-cheval. Moi aussi, j'avais les cheveux longs à cette époque et un regard encore enfantin. Eux, déjà, étaient vêtus de noir comme d'une armure séraphique. Moi, par rébellion, je portais le vêtement des travailleurs dans les champs, l'équivalent des jeans, une veste et un pantalon rayé qu'on appelle *monpé*. Il me parlait de montagne, d'indépendance, de liberté. Certains se moquaient de moi, car porter ce pantalon hors de la mode était pour eux stupide, moi je n'avais pas du tout honte. Je suis devenue une habituée du bar. Une habituée de la nuit. Au jour, je préférais la nuit, l'alcool de la nuit, le long poème de son alcool.

« Le propriétaire de la maison était un solitaire, on ne le voyait pas souvent. La première fois que je me suis trouvée face à lui, son visage étrange aux yeux très éloignés m'attira aussitôt. Je crois que je n'ai plus osé bouger dès le premier regard. Ce garçon, toujours en slim noir, était plus grand que nous, plus mince que nous, avec des cheveux longs et noirs jusqu'au bas du dos. Il avait en lui la force irrésistible d'une divinité. En moi, secrètement, je l'ai appelé Serpent.

« Une nuit, ils m'ont demandé si je voulais faire partie de la bande. Leur objectif était de transformer le bar en café-théâtre et d'y donner des représentations pour initiés. Des choses d'avant-garde. J'ai tout de suite dit oui. Cette vie me paraissait belle à la folie. C'était comme un amour qui débutait.

« La petite maison invisible était située très près de la NHK (la grande chaîne japonaise de radio-télévision), à Shibuya, un quartier englouti dans les lumières, au cœur de Tokyo. Le quartier n'était pas encore fou de *cosplay* comme aujourd'hui. On n'y croisait pas encore des bancs de mangas vivants, aux halos verts et jaunes et roses. Il était sans doute en train de se préparer à fleurir de spectres pour plus tard. Donc dans les années quatre-vingt, au sortir de la grande gare de Shibuya, j'étais vite loin des gratte-ciel colorés, du brouillard des lumières, vite dans l'ombre, et par là, pas très loin, à dix minutes seulement, dans les marges, se tenait le bar.

« Au début, nous avions surtout des machinistes qui venaient, et des journalistes, parfois des musiciens, des comédiens. Ce bar leur plaisait pour terminer le jour et commencer la nuit. C'étaient des types vifs, inventifs et tristes. Pourquoi étions-nous tous tristes ? Parfois ils étaient amoureux de moi, la seule fille. Et moi ? De temps en temps. Mais mon seul grand amour ne s'est jamais accompli. J'ai gardé une photo de cette époque. Une fille hardie, aux cheveux longs, qui n'a peur de rien, qui fume, qui porte un *monpé* coupé court et qui a des pieds d'agriculteur. Le matin s'approche. Toujours, j'espère que la nuit ne se terminera jamais, mais j'entends déjà le bavardage fatal des premiers oiseaux. La suite, bientôt. »

En fichier joint, elle m'avait envoyé une photo noir et blanc. Une fille aux cheveux longs, ligne du nez doucement busquée, est assise en lotus sur un tatami, une cigarette entre les doigts, l'air pensif. On devine sur ses genoux sans doute un chat tacheté ou alors seulement le soleil. Elle porte un ensemble austère, à rayures noires et bises, qui découvre les mollets. La plante des pieds nus est large, terrienne, et déjà on revient au regard qui contredit la simplicité des pieds. Il vous perce de son audace patiente et lointaine. Les cheveux, partagés par une raie, cernent étroitement son regard de deux longues ailes effilochées semblables à celles des corbeaux dont Sayo me parlera plus tard.

2

J'ai répondu avec un second colis. Je l'ai bourré de minuscules gâteaux à la cannelle en forme d'étoile à cinq branches. Sayo ne m'en dit rien, mais elle me demanda où j'en étais du roman, comment il avançait, si j'étais contente de mon cancre. J'ai dit oui, j'avance bien. Sa réponse arriva deux semaines plus tard.

« La petite maison avait changé. Les uns avaient recrépi sa façade en blanc. Les autres avaient encadré ses fenêtres d'un néon bleu. Moi, j'avais peint l'intérieur, le sol, les murs et le plafond en noir, ma spécialité, comme pour construire un autre monde, infini, mais plié, replié à la taille d'une boîte invisible, bien fermée par un couvercle.

« Le jour, elle était restée un café. La nuit elle se transformait en bar avec représentations ou musique. Nous l'avons appelé le Out of Blue. Les habitués de la nuit n'avaient rien à voir avec ceux du jour. Nous, ceux de la nuit, nous nous sentions des gens à part. Nous avions l'éclat des ténèbres. Nous en étions fiers comme si nous étions les "titulaires" des ténèbres. J'adorais ma chambre au-dessus du bar où il n'y avait qu'un lit. Le matin, quand je montais dormir, elle était encore plongée dans l'obscurité. Par la minuscule fenêtre, le néon bleu clignotait. Qu'est-ce que j'allais faire de ma vie ? Je pense que la fille en *monpé* croyait à une histoire d'amour, qu'elle y croyait à la folie. Qu'elle était hypnotisée par les yeux écartés d'un Serpent, amoureuse de lui sans se l'avouer, alors qu'elle pensait l'être d'un autre, du guitariste de génie.

« Notre café-théâtre était aussi devenu un petit restaurant. Serpent imaginait des séductions de goûts. Serpent osait des rapprochements sauvages, concombres farcis de prune salée. Moi, je préparais les plats. Je les préparais seulement. J'étais devenue la cuisinière.

« Serpent ne m'a jamais appelée Sayo. Il m'avait surnommée Karasu qui signifie corbeau, à cause de l'impudence qu'il devinait au fond de moi. Mais le corbeau moqueur a très vite su que cette vie n'était pas ce dont il avait rêvé. Je suis devenue taciturne. Être comédienne, je savais que je n'étais pas faite pour ça ! J'aimais trop me taire. Mais j'aurais aimé être un poète, ce genre de poète qui écrit de petites choses sans aucune base apprise, d'instinct. Tous les autres étaient des artistes. Pas moi. Je le savais. J'inspirais de la pitié. Je le sentais. Et pourtant il me fallait déchirer quelque chose en moi. Alors, j'ai arraché des bouts de papier, j'ai posé les légumes sur la table et avant de les découper, j'ai écrit des poèmes aux concombres. Aux fleurs des courges. Aux vrilles des pieuvres. Aux ouïes des poissons qui respiraient encore, les yeux grands de terreur. Les guêpes venaient voir, ça sentait le carnage autour de moi, elles goûtaient les sèves, elles s'engluaient dans le sang. Un soir, j'ai mis tous mes poèmes à la poubelle avec les épluchures de fruits et les écailles des poissons. J'avais compris que le garçon que je croyais aimer, le guitariste, n'avait aucun sentiment envers moi. Il est reparti. Je suis restée avec Serpent.

« En réalité, les nuits étaient grasses, sales et longues, et le travail pénible et lourd. Serpent me disait : "Tu veux rester toute ta vie une cuisinière de bar ?" Je n'avais pas la réponse, et il le savait. Il savait que je ne savais rien faire. Je ne t'ai pas encore dit, ZsaZsa, que davantage qu'écrire des poèmes, j'aimais la musique. J'aurais pu mourir dans "Last Solo" de Keith Jarrett. Je retenais toutes les musiques entendues et je me les chantais. Et comme je ne pouvais pas séparer la musique du bar de son propriétaire, je suis restée. J'avais trouvé ma place à la cuisine. J'aiguisais mes couteaux. ZsaZsa, le matin approche. Je dois aller dormir. La suite, bientôt. »

Aussitôt après ce long message, elle m'en envoya un second, bref comme un remords :

« Je ne sais plus, ZsaZsa, si je dois continuer à te raconter ma vie. Je trouve que c'est mal. Elle est une immense défaite. Pourquoi ai-je voulu que tu me sortes du silence ? Le mutisme est ma seule beauté. »

3

J'ai convaincu Sayo de continuer à m'écrire. Je lui ai dit que je la respecterais, que j'allais révéler l'éclat singulier, tremblant de sa vie, son côté infime et subalterne. Je lui ai dit fais-moi confiance, tu ne me fais pas confiance ? Dans le troisième colis, je mis trois miels différents, sapin, châtaignier, tilleul. L'avait-elle reçu ? Sayo ne mentionnait presque jamais mes offrandes. Entre elle et moi, *le cadeau restait toujours seul.* Elle ne m'en dit rien, mais elle m'envoya la suite de son histoire. Et quand elle arriva, je me suis vue la happer d'un coup de dent pour filer avec elle, avidement, me carapater au fond des forêts dans mon château des Carpates. *L'écriture est-elle une bête sauvage ?*

« Les années passaient. Après la fermeture, vers trois heures du matin, je proposais le coin du bar aux machinistes de la chaîne radio-télé. Ils étaient comme moi des invisibles auxquels personne ne faisait attention. Au cœur de Shibuya, les gens ne se couchent pas, et dans l'obscurité du bar, la musique ne s'arrêtait jamais, à voix maximum. Alors, les camarades matinales arrivaient. Elles ouvraient les portes, les fenêtres, elles nettoyaient les sols, exigeaient de l'air. Parfois elles me trouvaient endormie derrière le bar, et dans des flaques de bière et d'autres saletés comme dans le livre que tu m'as envoyé de Franz Kafka, un Corbeau lui aussi. C'était la vie en bas du Château.

« Parmi les gens de la NHK, il y avait un garçon, un artiste, qui était amoureux de moi. Il était sombre et intègre, mais je ne pouvais pas l'aimer. Aimer était tabou, là-bas. Écoute "Downtown Train" de Tom Waits. Écoute la chanson du garçon mal-aimé, tandis que la fille infidèle s'attarde avec un gangster. Je reviens vers toi pour écrire la suite bientôt. Je vais dormir. C'est le matin. Attends-moi. »

Sur ses amours, elle était discrète, elle n'en parlait presque pas. À part l'expression : j'étais « une fille infidèle », à part l'allusion à Frieda dont le petit corps brûlait dans les mains de K., sous le comptoir, dans *Le château*, elle n'avait rien dit de plus. Je ne sais pas si entre Serpent et elle il y avait quelque chose de simple ou de terrible. On pourrait donc penser que dans l'histoire de Sayo, le sexe était manquant comme celui d'Osiris dispersé aux quatre vents. Mais pour moi, il ne manquait pas. Je n'avais ni à l'inventer ni à le fabriquer. Il fécondait tout de sa quasi-invisibilité. Il irradiait chacun des mots de Sayo, secrètement. Et je voyais dans ce presque rien tout un art de la distinction, au sens de *distinct*, de séparé, de différent des autres. De solitaire au sens de *diamant*. Dès le premier soir, j'avais repéré en elle le diamant, et sur-le-champ reconnu, sans le savoir, son scintillement.

4

Mi-juin, dans les montagnes, quelque chose explosa et le monde changea d'axe. De blanc, il devint vert. Dans le quatrième colis, je mis seulement des fraises des bois, cueillies dans des clairières où jamais personne ne venait, les unes sombres déjà, presque noires, intenses et parfumées et qui fondaient dans votre bouche comme une autre bouche ; les autres écarlates, dures encore, insouciantes et joyeuses. Elle me dit :

« Je ne mérite pas. Je les mange comme un oiseau, une par une, mais très rapidement !! »

Du fond de mes forêts, je la voyais en haut de sa tour, au Havre, le colis ouvert sur son rouge brillant qu'elle picorait. Tu y es presque, me disais-je, mais attention ! Et je me rassurais, pensant qu'écrire pour Sayo l'histoire de sa vie lui apporterait, à elle aussi, quelque chose.

Quoi ? C'était difficile à préciser. La seule chose dont j'étais sûre : lui proposer une trace d'elle-même. Et puis, qui sait, lui apporter une sorte de prise de conscience, d'éveil, de liberté. Et j'ai attendu la suite. Une semaine plus tard, Sayo me l'envoya. J'en fus étrangement heureuse comme si j'atteignais d'elle quelque chose d'absolument étrange, venu de l'autre côté de la planète – d'ailleurs plus tard quand je parlerai de cette histoire on me dira, c'est très japonais, comme on m'aurait dit, c'est venu de l'autre côté de la lune.

« De nouveaux camarades remplaçaient les anciens. Moi, je restais la cuisinière. Un jour, j'allais bientôt avoir trente ans, Serpent m'a annoncé : "Tu sais, ton nez aquilin ressemble trop à celui de l'impératrice Mitchiko. Tu devrais le couper." Il me trouvait laide. La vie est parfois plus que banale, elle est presque ridicule, voire déplorable. Et dans le bar, je suis restée. Pas aimée. Pas payée. Quand je disais à Serpent que je voulais le quitter, il me répondait : "Très bien, mais tu me laisses un bras en échange !" Alors, j'ai reperdu le langage. Je suis redevenue l'enfant muette que j'avais été, un jour je te raconterai. Et quand Serpent me sifflait, je venais.

« Et puis, par hasard, je suis entrée dans un grand magasin à Shinjuku. Ce jour-là, j'ai découvert un chemisier blanc plié, posé sur une étagère avec d'autres vêtements de la marque Comme des Garçons. Il avait un tout petit col rond et des manches ballon qui commençaient seulement en bas des épaules. Il était fragile et pur. Je suis venue souvent le voir, craignant chaque fois qu'il ait disparu. Mais il était toujours là. Il semblait m'attendre. Un jour, j'ai pu l'acheter. C'était mon trésor. Je ne le portais pas. Il restait dans ma chambre. Suspendu. Il me contemplait comme s'il exigeait de moi une autre vie. Qui peut comprendre ça ? Et dans le bar sombre, je pensais à ma chambre où dans le noir de la nuit mon chemisier rayonnait.

« Dix ans avaient passé comme un an. À Tokyo, les corbeaux sont les oiseaux du matin. D'hiver en hiver, ils s'étaient approchés un peu plus du bar. Ils attendaient qu'on sorte les sacs-poubelle mis en tas sur le trottoir. Ils les piquaient. Ils éclataient de rire : *Kaa Kaa !* Ce sont des oiseaux intelligents et moqueurs. Ils tentaient, je crois, de me réveiller.

« On était à la fin des années quatre-vingt. On entrait dans la "bulle spéculative". On lâchait sa maison à prix fous ! Serpent a vendu le bar. L'alcool a coulé gratuit, une semaine. Puis vint la dernière nuit du Out of Blue, celle de la Fête de la Fin. Quelqu'un m'a photographiée.

J'ouvre grand mes yeux devant une chose que je ne comprends pas et qui est en train d'arriver. En fait, après la fermeture du bar, Serpent s'est allié à d'autres gens. Ils ont loué une suite au Hyatt pour acheter et vendre des immeubles. Ils avaient trop d'argent. Ce fut la folie. Et moi ? Je suis restée encore deux ans avec eux. Comme hôtesse. Qui peut le comprendre ? Pas moi. J'étais, je crois, devenue une peur seulement. Et en même temps pour la première fois, j'ai eu de l'argent. Au lieu d'en mettre de côté, j'ai acheté des poèmes faits d'étoffe. Des CdG. De temps en temps, dans mon appartement, j'essayais quelques pièces de ma collection pour un défilé de moi seule. Une fois, dans le miroir, je m'en souviens avec horreur comme d'une expérience sacrée, le contraire d'une consolation, je n'ai pas vu une fille. J'ai vu le Vide. C'était moi, découpée aux ciseaux. Personne. Et je me suis dit, ça y est malgré tout. Tu es morte.

« Et c'est peu après que j'ai décidé de renaître. D'où est-ce venu ? Je ne sais pas. J'ai écrit à Serpent une longue lettre truffée de faux sentiments où je l'ai remercié de faux remerciements, où je me suis excusée de fausses excuses de n'avoir pas été utile. Je n'avais pas honte d'être une bête rusée. Et j'ai disparu dans Tokyo. Dix ans, sans réapparaître... Et si ensuite je suis venue en France, c'est parce que j'avais un jour été touchée par Comme des Garçons, parce que c'est un nom français, parce que j'aimais cette langue et que la France était de l'autre côté de la terre. Qui m'aurait cherchée de l'autre côté de la terre ? »

La fuite

1

Nous étions fin juillet déjà quand Sayo, après un long silence, m'envoya un message : « Ce matin, ZsaZsa, j'ai fait un rêve où je te demandais si je pouvais venir et tu as dit oui. Est-ce possible ? » J'ai répondu, bien sûr, dis-moi quand, je vais te chercher à la gare.

Pourtant je n'avais pas prévu son irruption. Je me trouvais bien dans la texture des mots. L'arrivée en chair et en os de mon personnage pouvait tout gâcher, compte tenu de l'issue souvent catastrophique de ce genre d'histoire, la désillusion. Sauf que je suis une amoureuse de naissance, une terrestre, une qui parfois va mal, qui parfois désespère, qui ferme alors les yeux un moment, qui les serre, qui imagine qu'elle est en long séjour chez les morts – et qu'elle a trois secondes, pas plus, pour aller jeter un coup d'œil sur la terre. Quand je les rouvre, la crudité du monde me semble effarante de beauté, rouge, jaune, bleu, taches, formes, lumières, ombres, à la fois apparition et disparition, choses en train déjà de se défaire, tout en surgissant. J'ai donc dit oui à Sayo. Ses mails ne m'avaient pas tout raconté d'elle, les détails me manquaient.

Curieusement, elle ne me fit plus aucun autre signe. J'étais sans nouvelles. Fini. Elle s'était tue. Je n'étais pas plus triste que ça, tellement habituée à la rêver seulement par le biais de la soie irréelle, du feutre lourd, de l'organdi ou de la rayonne de ses vêtements, lesquels me l'avaient à leur façon décrite. Quand, un peu plus tard, début août, un matin, elle me téléphona. Elle parlait par monosyllabes, *clac clac clac*, par petits coups de hache, *clac clac*, sombres, rauques, enragés, comme si on était en train de la tuer, ou elle de tuer quelqu'un, *clac*. Puis, distinctement, elle me dit qu'elle allait arriver. D'elle-même. Toute seule. Que je ne m'inquiète pas.

Et ça m'a inquiétée. J'ai tenté de l'appeler, en vain. J'ai attendu qu'elle me rappelle, en vain. J'ai attendu toute la journée et tard la nuit, et encore le lendemain, me demandant comment elle allait venir, par quel train, par quelle voiture ou par quel Saint-Esprit. J'ai soudain tenu à elle très fort. Elle était ma première amie japonaise.

Elle avait le prestige subtil de l'Orient. Pourquoi avait-elle pour moi cet éclat qui vous aspire ? Pourquoi avait-elle en même temps ce côté barré, inquiétant de petite bête sauvage dont on ne savait pas si elle était soumise ou insoumise ? Et pourquoi être le sauveur d'une telle fille, complètement ambiguë, et qui demandait mon aide, pourquoi cela me rendait-il fière et comme privilégiée ?

2

Canicule. On étouffe. Fenêtre ouverte la nuit seulement.

Vivre seule m'avait aiguisé les oreilles. Il était tôt quand un bruit léger m'alerta. Je me suis levée pour aller à la fenêtre. Une forme sombre était tassée devant ma porte, plongée dans un profond sommeil. J'ai doucement sifflé. Un visage très pâle s'est levé vers moi, effaré. C'était elle.

Tu avais laissé une fenêtre ouverte ! s'exclamera Thomas, plus tard. Mais tu es folle ! Seule dans les bois et la fenêtre ouverte, en pleine nuit, avec un iMac 27 pouces à l'intérieur !

Je l'ai vite fait entrer. Bizarrement elle se mit à rire. Je me souviens que son rire m'avait surprise, il n'était pas cristallin, enfantin, non, non, il était caverneux, c'était le rire caverneux d'un oiseau mélancolique, presque un croassement. Je me suis penchée vers elle, moins grande que moi, tout enveloppée d'étoffes noires, pour l'embrasser. Elle éclata encore d'un rire pareil à un autre croassement douloureux, tandis que son visage emplissait la baraque. L'illuminait.

Comment était-elle arrivée jusqu'ici ? Elle m'expliqua qu'elle avait pris le train, et ensuite marché, marché. Que depuis longtemps elle avait envie de faire ce voyage dans la réalité, l'ayant fait cent fois virtuellement, et qu'elle connaissait tout du trajet jusqu'à la piste menant à mon abri. Et que la réalité était infiniment plus dangereuse et belle que l'écran. Et pour preuve, elle sortit de son sac une liasse d'images issues de Google Street et de Google Maps, ternes et froissées.

Google Street, je connaissais. Toutes les routes de France ont été, peu à peu, parcourues par des voitures munies d'appareils sur leur toit, et photographiées à 360°, mises en ligne. L'usage en est facile. On tape le nom d'un village et celui d'un autre, et l'itinéraire de l'un à l'autre défile sur l'écran, comme si on y était. C'est numérique. En couleurs. Sans mystères. Sur la route, une flèche. On peut aller tout droit. On peut tourner à gauche, prendre une rue plus étroite, s'y avancer lentement ou s'y engouffrer à toute allure, ce qui vous donne alors l'impression de voler à l'horizontale, entre les façades des maisons ou les arbres des avenues, comme Batman la Chauve-Souris. On peut vraiment visiter la France comme ça, en découvrir les villages, les cafés. On peut s'arrêter devant le café LES JOURS HEUREUX, zoomer, coller son nez à la vitre, distinguer du monde à l'intérieur. Et ceci jusque dans le bled le plus petit. On peut repartir, et alors tabacs, stations d'essence, pharmacies, résidences sorties de terre toutes semblables, mais ici des dahlias, là des rosiers. Une silhouette au visage flouté vous regarde passer. Bref, on peut voyager à travers une France des routes, désenchantée, à la Raymond Depardon, avec pourtant encore quelques beautés, murs anciens, toits écroulés, manoirs ruinés. On peut tendre le cou jusqu'au fond d'une cour à travers sa grille, puis vite en ressortir, il y a des chiens, rejoindre la nationale, filer sur le dos des voitures, les dépasser, traverser des forêts aux perspectives fabuleuses, ou des prairies. C'est hallucinant et simple. Bien plus simple que l'irruption de Sayo ce matin-là. Il ne suffit pas d'être de son temps pour débusquer quelqu'un au fond de son terrier – même si l'on maîtrise les outils de la nouvelle civilisation. Sayo, cette fille du Net, les maîtrisait. Mais elle maîtrisait autre chose encore. Quoi ? La lune, peut-être. Et cette fille du Net et de la lune se trouvait devant moi.

J'ai mis deux nuits, a dit Sayo avec simplicité. Sac à dos déposé à ses pieds. Grosses chaussures de montagne noires à lacets bleus. Larges pantalons noirs. Blouson noir à capuche. Mais pourquoi tu n'as pas téléphoné ? Je serais venue te chercher. Elle répéta : C'était facile de te trouver. Au début je ne la comprenais pas bien, elle me paraissait jouer de son français inférieur pour ne pas trop en dire, et je me suis sentie mal à l'aise. Menée par elle je ne savais où.

De quoi avait-elle l'air ? Pas comme j'attendais. C'est-à-dire ? Pas sexy. Pas à la mode. Pas citadine. Une sorte de nonne. Mais une nonne, attention ! Pas prude. Une grande intuition. Elle se téléportait directement en vous. D'emblée, sachant tout. Aucune minauderie. Un charme fou. Du mystère. Le mystère des mystères.

La première chose qu'elle me demanda, en s'excusant, et s'excusant encore, c'est où était ma voiture. J'ai répondu que je l'avais donnée à réviser et que le garagiste m'avait raccompagnée jusqu'ici, la veille, voilà pourquoi elle n'était pas devant la maison. Quand elle apprit que ma voiture ne serait pas de retour avant le soir, et que portes et fenêtres fermées, la baraque aurait l'air inhabitée, elle se détendit d'un coup. Sourit. Enleva son blouson. S'assit, me regardant en silence. Puis elle se releva, sortit sur le pas de la porte, s'alluma une cigarette. La seule chose que j'avais comprise, c'est qu'il serait sage de ne pas me montrer aujourd'hui au village, et la nuit venue, de nous en aller d'ici. Elle n'était pas sûre qu'on ne lui veuille pas de mal. Elle l'avait dit sans faire sa maligne, avec naturel. Ainsi, le Mal rôdait. Sa présence était reconnue, sans façon.

3

Sayo avait pris ma place sur le lit de camp où elle s'était enroulée pour y dormir, l'air d'un chat qui vient d'attraper une souris. Elle l'avait fait avec une étrange autorité, et encore une fois avec naturel. C'est vrai, qu'elle était simple son histoire de Google Street. Pourquoi me creuser la tête ? Peut-être parce qu'il me semblait que sous son calme cette fille avait manifestement peur. Et que sa peur était en train de me contaminer. Mais pas plus que ça. J'ai donc décidé de prendre ma peur à la légère. Décidé d'être ravie à l'idée de quitter mon trou pour aller dormir à la belle étoile, par ces magnifiques nuits d'été enfin arrivées, et que seule je n'avais pas encore expérimentées, car j'étais beaucoup trop froussarde. Partir à deux camper était une occasion. Et tant pis si nous n'avions pas de tente.

Ce qui m'avait le plus abasourdie, je me souviens, c'est de m'être retrouvée face à son regard d'encre. Personne ne m'avait jamais regardée comme ça, du romanesque absolu, malgré sa chair et ses os. Et j'en avais ressenti une excitation merveilleuse. Pendant qu'elle dormait, de temps en temps, à la dérobée, je ne pouvais m'empêcher de scruter encore et encore, ce visage aux paupières closes, ce visage mythique sorti des *Contes de la lune vague après la pluie*, et j'aurais voulu percer le mystère qui flottait à la surface de son immense ingénuité comme d'un lac. Par instants, il me semblait distinguer le mystère sous le lac, et c'est Gogo Yubari qui se montrait, et ses cheveux noirs, dans *Kill Bill*. De peur, j'en suspendais ma respiration. Je n'y reconnaissais pas le nez à la longue ligne busquée de la fille en *monpé*. Le sien était petit, adorable : *kawaii*. Comme c'est bizarre, pensais-je, troublée. Sans doute l'avait-elle fait refaire, depuis ?

Avant de s'étendre sur mon lit, elle était restée un moment plantée au milieu de la baraque, pas curieuse du tout, curieuse de rien, indifférente à ce qui l'entourait, sans paraître remarquer les feuillets épinglés aux planches sur deux murs, ne les effleurant même pas du regard, n'y touchant pas, ni des mains ni de son air. C'est le roman, lui ai-je dit. Ce qui ne l'a pas impressionnée. Mais avant de fermer les yeux, avant de se recroqueviller sur elle-même, elle ajouta : N'oublie pas de l'emporter. Surtout ne le laisse pas ici. Mets-le sur une clé.

Pendant que Sayo dormait, j'ai retiré les feuillets pour les empiler dans un conteneur. J'ai tout rangé. Et davantage : j'ai vidé la baraque. C'était comme si je croyais à un danger. Comme si un malheur pouvait arriver. Ou le Mal. J'y ai tellement cru que j'ai craint de laisser même des traces. J'ai nettoyé. Pour finir, j'ai mis mes conteneurs et l'ordinateur devant la porte. Dit adieu à Emily D., à Li Po, à Babel. Appelé le garagiste qui est venu avec ma voiture révisée (que j'ai remplie) et qui est reparti avec elle. Puis, j'ai bouclé mon sac à dos sur des vêtements. Pour finir, j'ai déplié les cartes IGN. Et réfléchi. Réfléchi. Réfléchi. Une variété d'évadée avait rencontré une autre variété d'évadée et elles allaient continuer leur route ensemble. Pour aller où ? Et pourquoi ? Il me sembla avoir trouvé une solution qui me plaisait, ce qui ne m'empêcha pas d'être effleurée par les bizarreries de cette histoire et de rester sur mes gardes, Du Fu à mes côtés, dans la poche extérieure de mon sac.

L'obscurité venue, Sayo s'est réveillée. Pour une fois, il ne pleuvait pas, il ne neigeait pas, il ne grêlait pas comme tout le long du mois de juin et même encore début juillet. Il faisait enfin beau, depuis presque trois semaines, dans cette année historiquement pourrie. Sayo est retournée sur le pas de la porte, fumer. Je l'ai rejointe. Elle me souffla : Le temps était un peu inhabituel, cette année, tu trouves aussi, ZsaZsa ? Ensuite j'en suis venue au roman. Avant de partir, j'ai voulu mettre au point tout le non-dit entre nous. C'était important. Je ne me sentais pas nette, et elle, je ne la sentais pas trop. Je lui ai expliqué que je n'avais pas terminé. Que je ne savais pas encore où ce roman allait me conduire. Il a sa propre vie, tu comprends ? Oh ! me répondit Sayo, ne t'inquiète pas.

Elle me demanda seulement si j'avais réussi à faire quelque chose de son récit du bar. Je lui ai dit que je l'avais laissé à part. Il noyauterait sans doute le roman, au milieu. Elle me répondit qu'elle souhaitait simplement – s'il y avait une émotion dans son français mineur – que ce français se noue au mien à la façon d'un orage, qu'il y apporte de l'électricité, des éclairs. Tu aimes aussi l'orage, ZsaZsa ? Oui, ai-je dit, et je pensais, oui, j'aime l'orage plus que tout, la lumière brusquement éteinte, le noir, les grondements, le fracas, le danger, les éclairs. C'est pourquoi j'ai aimé l'inquiétude d'avoir à quitter mon gîte, à marcher la nuit seulement, à me cacher, et l'étrange compagnie de cette fille qui avait peur.

4

Nous étions deux (discrétos) sous une lune très étroite, et notre marche avait commencé.

Nous avions l'air de partir en excursion, chacune sous son sac à dos. Elle avait été bien inspirée de prendre des chaussures montantes. Et moi, bien inspirée d'avoir prévu un duvet deux places à imprimé camouflage en partant de Paris, huit mois auparavant. Où allions-nous ? J'avais un plan : rejoindre une métairie abandonnée de l'autre côté des montagnes. On dormirait le jour, on marcherait la nuit. Pourquoi ? Parce qu'il ferait moins chaud, la nuit, et que c'était son mode de vie à elle. Et peut-être parce que je me plaisais à imaginer une sorte de fuite très cinéma où les bêtes seraient avec nous. Où la clé USB que j'avais autour du cou (contenant mon roman) serait la poupée. Et où le Mal pour finir serait perdant.

Mais pour cette première nuit, mon idée était de n'aller pas plus loin que chez Marguerite y faire le plein de provisions. Je savais qu'elle se couchait tard, regardant la télé tout en faisant de petits repas pour conjurer l'insomnie.

À Marguerite, j'avais déjà parlé de mon amie japonaise. J'en avais rajouté pour la faire voyager, elle adorait ça, les histoires qui ont un début, qui foncent, qui s'arrêtent, qui laissent entrer du monde, ou sortir, les retours en arrière, les bonds en avant, et une fin ouverte – elle qui n'était jamais allée plus loin que Saint-Dié-des-Vosges. Donc, voyant que sa fenêtre laissait échapper les variations lumineuses d'une télé allumée, j'ai osé frapper en pleine nuit à sa porte. Marguerite très lentement s'avança sur ses trois jambes, nous ouvrit, ses poumons sifflaient, et elle nous accueillit sans nous juger, comme un événement de plus tombé du ciel dans sa vie. Elle était plus grise que la dernière fois, plus tassée, un peu moins assurée. Nous avons partagé son repas de minuit. Sayo répondait à nos questions, avec des tours de très mauvais français que j'aurais aimé noter, mais il devait en transparaître je ne sais quoi d'autre, car Marguerite soudain nous dit qu'elle tenait à nous. Je ne sais pas pourquoi elle avait dit ça, sans doute avait-elle eu la sensation d'un nuage au-dessus de nos têtes. Quand on a vécu trente ans en confidence avec un cheval, la peau doit capter tous les présages du cosmos.

Ensuite, nous sommes allées passer le reste de la nuit dans le grenier à foin. Sayo n'avait pas sommeil. J'en ai profité pour tâcher d'en comprendre un peu plus. Elle avait une voix basse, une basse continue, et allait chercher ses mots très loin, au fond d'elle-même, comme si elle les en arrachait douloureusement. Je l'ai questionnée sur les années manquantes de sa vie, après sa fuite du Out of Blue et avant sa venue en France, un blanc qu'elle avait complètement passé sous silence. Elle m'apprit qu'elle s'était déguisée en garçon, dix ans, et que plusieurs fois des filles dans les cafés lui avaient fait du charme. Et Sayo en avait ri comme d'une incongruité. Oui, mais ton ennemi, c'est qui, ai-je demandé ? Alors il me sembla qu'elle aimait mieux se taire. Nous nous sommes enfoncées dans le foin, chacune s'y faisant un nid, à un mètre l'une de l'autre, et nous nous sommes endormies.

5

L'obscurité du fenil en plein midi. Craquements de fourmilière. Parfums d'épices.

À midi, Sayo s'est réveillée. Je l'étais depuis un moment, le nez dans mon carnet, notant les détails, tout en me sentant empêtrée dans une montagne de foin et de petits faits qui se dérobait, m'agaçait, me picotait. Qui était vraiment cette fille ? Une faiseuse de mystères ? On verrait bien. Elle a ouvert la fente de ses yeux, l'air d'un chat. Et soudain, j'ai pensé à son chartreux gris, et je lui ai dit : Et ton chat ? Il est à l'abri, m'a-t-elle chuchoté. Puis elle s'est extirpée de son trou, a rampé sur les coudes jusqu'au bord de la falaise d'herbe, s'est laissée glisser, jambes en avant, et arrivée en bas, elle s'est longuement secouée avant de disparaître sans doute se laver à la fontaine, au grand air, dehors, me laissant là. Marguerite était occupée à nourrir coq et poules, et nous avait oubliées. Je prenais toujours des notes quand Sayo réapparut en bas du tas de foin, et dit : Je vais vous préparer un repas. Je l'ai rejointe. Elle ouvrit le frigo, puis elle ouvrit la porte de la resserre, y fit son choix, ajouta du petit bois dans la gueule du feu, et se mit à travailler en silence, enveloppée de ce lourd nuage qui me pèse encore sur le cœur aujourd'hui.

Le repas, à base de choucroute, fut on ne peut plus japonais, délicat, aux antipodes de ce que nous connaissions, Marguerite et moi. Sayo l'avait accompagné d'une brochette de petites proies (aurait-on dit), attrapées dans le fenil la nuit précédente, d'une patte acérée. Tonnerre ! disait Marguerite. Plus tard, en début de soirée, ayant découvert la réserve d'eau chaude de la cuisinière à bois, Sayo demanda s'il y avait un baquet. Marguerite nous fit chercher l'abreuvoir du cheval, circulaire, en caoutchouc noir. Sayo le remplit d'eau bouillante, ajouta trois seaux d'eau glacée puisée à la fontaine, tâta leur mélange, ouvrit son sac, en sortit un minuscule objet plié en dix qu'elle déploya d'une seule secousse de sa main, le transformant en une immense serviette de bain faite d'une étamine légère, et demanda à Marguerite : Tu veux un bain ? Viens. Tu vas voir.

Une paysanne ne se découvre pas (sauf à l'hôpital), pas même devant deux filles, et pourtant Sayo dévêtit Marguerite qui se laissait faire, hypnotisée, tandis que sa chair de très vieille femme apparaissait, plissée, incroyablement nue dans la pénombre que la vapeur tamisait, y resplendissait de vérité. Peut-être de gloire, m'étais-je dit, car elle semblait beaucoup plus proche de l'éternité que de la mort malgré les cendres de sa chair. Alors, Sayo enveloppa les épaules de Marguerite du voile lâche de la serviette, et nous l'avons aidée à entrer dans le baquet, un pied après l'autre, à s'y asseoir sur un tabouret, et Sayo prit soin d'elle, puisant de l'eau avec une petite tasse, la versant par ici par là, savonnant, frictionnant, puis elle sécha Marguerite, la revêtit d'une chemise, la mit au lit, où le poulailler qui piaulait férocement dans ses bronches s'apaisa aussitôt.

Nos sacs étaient bouclés. Nous sommes restées encore un moment dans la cuisine auprès de Marguerite. Elle dormait. Sayo me chuchota qu'enfant, elle allait parfois chez sa grand-mère. Celle-ci lui demandait d'étaler de la pommade sur son dos. Ce n'était que la peau sèche qui couvre des os amincis, et ses seins avaient disparu, a dit Sayo. Pour nous, les Japonais, le sein flétri des femmes suscite une énorme mélancolie. Nous avons un mot pour lui : *taratchiné*.

Ce n'est pas un mot de la langue parlée, écrite seulement. Quand on le découvre en tête d'un poème on sait déjà que celui-ci parlera d'une femme qu'on a aimée et du temps qui s'en va. Je lui ai répondu : Chez nous aussi. Et à mi-voix, j'ai cité Villon : *Mammelles, quoy ! toutes retraictes ; telles les hanches que les tettes*. Sayo, qui avait tendu l'oreille et semblé comprendre ce vieux français, acquiesça d'un air entendu, désolé, rêveur. Puis elle me confia qu'en arrivant ici, dès qu'elle avait vu Marguerite, elle avait pensé à sa grand-mère. Toutes les femmes avec des *taratchiné* sont ma grand-mère, tu comprends ce sentiment ?

La nuit est là. On va partir. Pour de bon.

6

Le large chemin forestier qui devait nous conduire vers le nord-est se déroulait sous nos yeux, et Sayo marchait la première, en pleine pénombre. Je voyais devant moi ses pantalons larges, noirs, serrés aux chevilles, presque bouffants, on aurait dit deux lampions éteints, et je voyais son dos sous son sac, avançant sans effort, avec délicatesse, naturel, entre les troncs énormes des épicéas. S'éloignant, m'entraînant. C'est fou cet état de disponibilité dans lequel elle pouvait plonger les gens, presque d'hypnose, j'en avais remarqué l'effet sur Marguerite et le constatais à présent sur moi. Je la suivais allègrement à mon corps défendant. La ferme avait disparu, déjà bien plus bas, loin. L'obscurité nous contenait, énorme, inconnue, et un instant, je m'en souviens, j'ai senti tous mes cheveux hérissés de peur. Raides de peur. Puis peu à peu, la sensation s'est dissipée. Sayo marchait comme si elle gagnait sa liberté. Quelle étrange fille elle était. Bien plus forte que moi.

J'avais une montre avec boussole intégrée, et une lampe de poche, ce qui ne m'avançait à rien, puisque je ne savais pas le nom de la métairie abandonnée, découverte par hasard un jour où j'avais pris la voiture et vagabondé sans me soucier de rien. Nous en étions à deux ou trois jours à pied si je ne me trompais pas. À chaque bifurcation, je me demandais si mon choix répondait au hasard, au destin ou à la force innée, splendide, animale de mon inconscient. J'avais opté pour l'animale. Des deux genres qu'on nous propose, masculin/féminin, je préfère le troisième, auquel je fais le plus confiance.

À minuit, l'été, la forêt est encore figée de chaleur.

Un mirador. Sensation aiguë d'être épiées.

Se souvenir de ce détail : sa façon de jeter son allumette en feu dans la nuit.

Plus nous marchions, plus la forêt marchait avec nous. J'avais l'impression que nous marchions sans avancer d'un pas. Je me retournais souvent : personne. Nous avons fait une halte. Sayo a sorti deux cigarettes complètement froissées d'un paquet de Royal menthol chiffonné qu'elle avait sur elle, et elle frotta une allumette, l'approcha de ma cigarette puis de la sienne, puis elle jeta l'allumette, encore en feu, dans la nuit, ce qui me fit m'exclamer. Elle me dit : Ne t'inquiète pas, tu n'as pas vu que la rosée est tombée ? Elle ajouta qu'elle aimait regarder l'étoile filante d'une allumette jetée dans l'existence. Qu'elle avait commencé à fumer rien que pour faire ce geste : jeter une allumette vivante dans la nuit.

Deux poinçons rouges. Deux respirations.

Son mutisme. Ce quelque chose en elle de stupéfié propre aux bêtes.

Nous étions dans le territoire de la Bête des Vosges qui n'était plus celui du lynx puisque le dernier lynx réintroduit en 1993 avait disparu cet hiver-là. Mais il avait été remplacé par des loups. Plusieurs. On parlait d'un couple qui s'était formé. Et moi, bien plus que de la Bête des Vosges, bien plus que des loups, j'ai honte à le dire, c'est de Sayo que j'avais peur. Elle était un peu plus petite que moi mais plus forte. Plus désespérée. Et il faisait nuit. Et qui étions-nous ? Deux filles dans la nuit fuyant le chasseur ? Ou une fille, le chasseur ? L'autre, la proie ? Laquelle, le chasseur ? Laquelle, la proie ?

Parce que la question de fond était là : laquelle, le chasseur, laquelle la proie ? Il ne s'agissait plus, pour moi, tandis que nous marchions, d'un rôle de sauveteur. Je n'étais pas innocente et je le savais, tout en le minimisant. Je savais que malgré mes déclarations d'amour aux traces de toutes les injustices subies par les pauvres, je m'étais nourrie d'une pauvre tout l'hiver, comme d'une proie. Puis tout le printemps. Et je savais que pour écrire, j'étais capable de me nourrir de tout ce qui palpite. Et elle ? Qui était-elle ? Il faut être partie une nuit avec quelqu'un rencontré sur le Net, ce Net qui est la Nasse avec un grand N ; partir une nuit en sa compagnie dans les forêts de l'Est, les noires, avec triangle infernal vous liant à ce quelqu'un dans votre fuite, pour savoir ce qu'est *l'effroi.* Ce genre d'histoire commence par la même langue qu'on désire mais on ne sait jamais comment ça finit. Que pensait Sayo, de son côté ? Elle ne disait rien.

Le jour naissait. Quand il naît, il est noir-vert. Puis vert-noir. Puis vert et les vampires rentrent dans leur tombe. J'avais sommeil. Il fallait nous cacher, dormir. J'ai dit viens, on va sous cet épicéa. La cachette était si petite que, sauf deux enfants, personne ne pouvait s'y allonger. Nous sommes restées sous l'épicéa toute la journée du 5 août, à dormir, en position fœtale, comme après un accident, l'une emboîtée dans l'autre, sur un tapis d'aiguilles, la tête sur notre sac.

7

Une tache de soleil m'a réveillée, et le bourdonnement des mouches. Et la chaleur d'une fin d'après-midi orageuse. J'ai tout de suite vérifié si la clé était encore à mon cou. Elle l'était. Sayo, en chemisier gris et pantalon noir, était déjà assise, un carnet sur les genoux, à côté de moi. Elle a levé les yeux, elle a dit : Pourquoi tu ne me fais pas confiance ? Fais-moi confiance. Ses yeux me regardaient de très loin, avec tristesse. Puis elle s'est remise à écrire, concentrée, froncée, foncée, presque noire. Je dois écrire, me dit-elle, comme si elle s'accrochait à un Havre. Je ne comprendrais que plus tard pourquoi elle était fille du silence et des mots. Je lui ai demandé ce qu'elle écrivait : Mes derniers CdG. Il m'en reste trois. Je dois les mettre en ligne à mon retour. Elle me tendit son carnet : Lis, mais c'est nul, dit-elle, comme si la suprême valeur de soi devait passer par sa dépréciation.

CdG Mini-jupe très courte

Elle est en jersey de coton bleu nuit merveilleusement élastiqué de tous les sens.
Une fermeture Éclair la barre sur un côté.
Sa taille est montante et froncée.
À l'envers on voit avec une admiration (**) beaucoup de longs fils d'élastique, et on comprend que cette jupe en réalité est plissée comme un sombre cerveau sombre.

Tu me fais peur, lui ai-je dit. Sayo éclata d'un rire caverneux qui me laissa interdite. Puis, sérieuse, elle ajouta : Dans la langue, il y a tout. Chaque soir je m'endors en me disant : dans la langue il y a tout. Il y a le sauvetage et il y a l'adieu. Surtout l'adieu. Dans la langue, il y a tout et le silence fait partie de la langue. Je n'invente pas, elle avait dit cela, tel quel, lentement, cherchant ses mots. Ensuite, elle s'absenta dans une sorte d'extase mélancolique tandis que je scrutais ce bout de poème, m'effarant de la façon dont elle s'était emparée du genre neutre qu'est la description d'un vêtement pour en faire une parole absolument singulière, y livrant un peu de sa profondeur, utilisant deux fois le mot sombre, l'épithète et l'attribut, lui donnant un double sens, une inquiétante complexité absolument opaque.

Eh bien, voilà, lui dis-je, il n'y a plus qu'à attendre avec toi la venue du crépuscule. Nous l'avons attendu. Il traînait, il traînait. Soudain, il fut là, traînant ses couleurs derrière lui, toutes fondues en une seule, *violâtre comme leurs cernes*. Je me suis souvenue que Sayo quand elle parlait de couleurs y mettait beaucoup d'âtres, du rosâtre, du rougeâtre, du violâtre. De l'ambigu. J'ai senti qu'elle m'empoisonnait. Lentement. Et que j'y consentais. C'était dingue comme j'y consentais. Et devant son bout de texte, j'avais eu un drôle de petit rire, je m'en souviens, pffftt, un haussement d'épaules, signifiant en moi-même vas-y, n'aie pas peur, continue l'aventure, risque-toi. Tu verras bien où elle te mène, la langue.

Tandis qu'elle cherchait encore un mot dans son dictionnaire pour terminer son annonce, j'ai préparé un petit déjeuner du soir (puisque tout était inversé). Je me suis donné du mal. Depuis que nous étions parties de chez Marguerite, j'étais devenue la cuisinière, et elle, celle qui maniait un Bic bleu.

La lune a encore diminué. Un fil.

L'obscurité revenue, nous nous sommes remises en route. De la lune, il ne restait qu'un fil à peine visible, juste le dos d'un d, signalant le *dernier quartier* de son crâne. Demain, le 6 août, lune noire, nuit noire.

Une maison au bord du chemin. Une voiture garée. Pas de lumière. Aboiements.

Ne pas oublier la voûte énorme du ciel nocturne au-delà des cimes, entre les cimes.

Autour de nous, je sentais un immense territoire dressé, avide, vivant. La nuit quelque chose s'éveille, sort, se tend, tiré, étiré en un grand bond, un jaillissement, et ça pousse, ça marche, ça avance. Beaucoup plus qu'en plein jour. Les rochers aussi (il y en avait beaucoup là-bas, le chemin traversait un paysage de moraines), même eux, les rochers qui après avoir roulé semblaient s'être immobilisés, étaient en route, comme nous, je voyais bien qu'ils étaient encore en route, à leur dos rond, à leur épuisement, et j'ai compris qu'on n'est jamais arrivé, que rien n'a jamais de fin, même pour les pierres. Et quand je levais la tête, les constellations comme les moraines, leurs cygnes, leurs ourses, leurs lièvres, leurs chevaux et leurs chiens, traversaient le ciel, prises elles aussi dans le même interminable éboulement.

8

Troisième nuit. Oreilles dressées. Regard latéral. Nombreuses haltes. Cigarettes.

Enfin nous avons trouvé de l'eau. Juste une mare où quelque chose s'égouttait. Nous nous sommes déshabillées, frottées, lavées silencieusement, et je devinais son plaisir indicible. Nos deux corps avaient accepté leur proximité, leur rencontre d'odeurs, de ronflements, de masses. Ensuite Sayo a rassemblé des brindilles pour allumer un petit feu d'Indien Foudre-Corbeau-Rouge. Il manquait de l'eau propre pour le thé. J'ai grimpé en chercher à l'ouïe. Je suis tombée dessus presque aussitôt, y dérangeant un crapaud. C'était lune noire, car en quelques heures le fil d'argent avait disparu, rongé, mais on devinait mieux les choses à l'éclat du ciel qui rayonnait d'autant plus de toutes ses étoiles. J'ai pris le crapaud dans ma main. Il avait la taille de ma paume. Il était large, frais, flasque, et mort on aurait dit, mais sa gorge pâle palpitait de terreur, et c'est elle qu'on voyait. Je l'ai vite rendu au sol. La bête s'est éloignée à reculons, s'enterrant, je n'avais jamais vu ça, avec la puissance d'un poing fermé, d'un refus terrible, « Touche-moi pas, tu m'salirais », réussissant tout en me faisant face à disparaître. Un enfouissement aussi preste, non, je n'avais jamais vu ça.

Retenir la leçon. Combien tout a peur de nous. Combien on nous guette, on nous craint, on nous fuit.

J'ai rempli la gourde d'une eau glacée. Je n'ai pas tout de suite retrouvé notre campement, plus bas. Nous portions des vêtements sombres. Nos sacs étaient gris. Nous nous sommes remises en route. Nous montions. À l'aube, la montagne était toujours déserte. Aucun promeneur. On ne voyait jamais personne avant dix heures du matin, ça je le savais. Et ce matin-là, toujours aucun danger, sauf imaginaire. Pas de tueur lancé sur nos traces. Mais nous nous sommes néanmoins enfoncées dans une grotte de ciment datant de la guerre de 14-18.

Mal partout.

Lourd sommeil. Vers midi, sortie dans les framboisiers.

Sayo n'avait jamais cueilli de fruits sauvages. Pas même à Fujimi ? Non, m'a-t-elle répondu, en picorant les framboises, une à une, vite. Elle m'a parlé des cerisiers cultivés au Japon, pas des sakuras dont les fleurs fanent et n'ont pas de cerises, non d'autres, dont les fruits ont un goût de premier amour. C'est comment un goût de premier amour ? ai-je demandé. C'est un peu jeune, aigre. Ces cerises, on ne les achète jamais au kilo, quelques-unes seulement, comme des joyaux, dit-elle. Je lui ai alors demandé le goût qu'avait la montagne de Fujimi. Elle a répondu : Celui de torrent glacé. J'ai dit continue. Raconte. Et elle a parlé de rizières plus bas, à pic, et d'orages, de bottes de caoutchouc, de couleuvres et de vipères, d'énormes chenilles, de cigales, de libellules rouges. J'ai dit encore. Elle a parlé de poires rondes et vertes. De singes et de vélos. Et de deux ou trois corbeaux qui toujours vous surveillent, des yamabushi tengu, et elle éclata de rire comme un corbeau. Et nous étions retournées dormir dans l'abri de guerre.

Chaleur de l'après-midi. Nuées de mouches. Un seul zézaiement affairé, haut dans les branches.

Je me réveillais souvent, n'ayant pas l'habitude de dormir le jour. Elle gisait, cou offert. Tout son côté obscur, déplié. Affolant, son corps l'avait été, j'en étais certaine. Cela se devinait.

En elle, une profondeur d'offrande immédiatement perceptible. Simple. Naturelle. Nous dormions ensemble mais séparées, aucune de nous deux n'ayant besoin de l'autre. Nous étions deux filles en cavale, chacune un noyau, chacune autonome, je me l'explique comme ça, ou alors chacune sortie de l'attraction terrestre, de sa tyrannie, la cervelle tournée vers l'immense voûte qui tournoyait, le jour, la nuit, sans discontinuer, au-dessus de nous, une fois trouée d'étoiles, une fois trouée de mouches.

L'orage n'a pas éclaté. Au crépuscule, nous nous sommes remises en route. J'ai dit on va bientôt sortir des forêts. Découvrir la lumière. À l'est, tu verras la Forêt-Noire et les Alpes suisses. À l'ouest, tu verras des vagues et des vagues de montagnes s'abaissant jusqu'au lointain, et les nuages venus du Havre, courir sur toi. Là-haut, l'été, il y a du monde, un vrai boulevard. Personne ne fera attention à nous. Mais elle m'a dit ne pas vouloir du soleil. Qu'elle avait peur. Et honte d'avoir peur.

9

Enfin, la nuit du 7 août, nous avons débouché sur une steppe d'herbe. Nous y avons attendu l'aube, assises dans le vent. Il soufflait à grande vitesse. Sayo étendait les bras pour s'envoler avec lui, et tout son plumage noir brillait, effilé, ravivé. Et puis il y eut lentement au-dessus de nous, autour de nous, la venue de l'azur. À perte de vue l'azur. Du gaz de plus en plus bleu. Et des alouettes. Pas les lulus qui n'habitent que les collines, non, les autres qui vivent haut et qui s'élèvent encore plus haut, toujours plus haut, avec véhémence, gazouillant. Soudain j'ai pensé que je n'avais pas ouvert une seule fois Du Fu depuis que nous étions parties, Sayo et moi, sac au dos. Que j'avais depuis longtemps laissé tomber le chinois, mais qu'il était là, s'écrivant partout autour de nous.

Dans le cosmos, tout est écriture.

Quand les premiers randonneurs ont surgi, simples taches de couleurs au loin, nous nous sommes glissées au fond d'un ancien trou d'obus, sous les branches d'un bouleau nain, y passant la journée à somnoler, divinement, tandis qu'en compagnie des alouettes, mon esprit montait, montait, à la verticale, montait encore, devenu chant, il faut écouter les alouettes, elles ont raison, et je n'étais plus qu'un point invisible, très haut.

Elle dormait contre moi comme autrefois mon chat. De temps en temps il enfonçait délicatement la pointe de ses dix poignards dans mon bras l'air de me dire : « Je ne suis pas quelqu'un de fiable. Rien n'est fiable ! Tout contrat peut être rompu. » Je redoutais ses explosions de cruauté, car parfois, il s'arrêtait de respirer, silence d'alarme, et ça me réveillait, et quelques secondes plus tard, sans aucune raison, il sortait ses dix poignards, griffes plantées dans mon bras, et les longues rayures rouges que j'en gardais me prouvaient que j'avais rêvé et que mon chat, un traître en puissance, appartenait à l'autre camp. Qu'il n'était pas mon ami. C'était un chat qui adorait rompre les lois de l'amour. Il m'aurait vendue. Je le savais. Et tandis que Sayo et moi, nous dormions, c'était plus fort que moi, j'y pensais, et je sentais les mains de Sayo sur mon épaule, leurs dix lames momentanément rentrées dans leur pelote mais prêtes à jaillir, comme s'il y avait toujours, entre nous deux, l'éventualité d'une trahison possible malgré le pacte muet qui nous unissait. Et comme avec mon chat, ma confiance en Sayo était toujours déjouée par des détails dont soudain, en plein jour, je me souvenais, tandis qu'elle dormait, détails que je ressassais et qui me renvoyaient d'où je venais : à ma vieille défiance de l'autre.

N'avait-elle pas écrit combien elle pouvait être rusée ? N'en avoir aucune honte ? Faux sentiments, faux remerciements, fausses excuses ? Que de la ruse, elle avait une longue habitude ?

Et puis jamais un mot sur les gens qu'elle croisait dans sa vie. Elle avait tout de même des amis, au Havre, à part la mercière. Avec qui d'autre que moi parlait-elle ? Avec qui correspondait-elle pour manier de façon si naturelle certaines expressions comme : *Je suis collée à mon ordi*, ou bien : *Je n'ai jamais été très « chaussures »* ? Et tout ce qu'elle ne me disait pas, tout ce qu'elle taisait obstinément, cette fille d'avant la parole, presque mutique. Un matin, tandis que nous nous endormions, ne m'avait-elle pas chuchoté : Si un jour tu apprenais ce que j'ai fait les dix ans dont je ne t'ai jamais parlé, j'aurais un seul mot à te dire : méprise-moi. Mais moi seule je saurais pourquoi je l'ai fait.

10

La nuit suivante, la quatrième, celle du 8 août, passant près d'un lac, elle voulut s'y arrêter. On le devinait profond. Il faisait penser à la fois à un miroir, à un mirage et à un écran pas encore allumé. Elle est lentement entrée dans l'eau, avec son pull, puis s'est mise à nager parmi les brisures des reflets, et elle sortait la tête comme dans mon rêve quand je la cherchais, traversant le lac, s'éloignant. Je la guettais, là-bas, sur l'autre rive. Soudain, elle fut à côté de moi, grelottante, dégoulinante dans son pull déformé. Tu es une fille imprévisible, lui ai-je dit, tandis qu'elle se changeait. Ne dis pas que je suis imprévisible. Imprévisible est ma vie, pas moi, me répondit-elle, fâchée. Silence. Poinçon rouge de sa cigarette. Poinçon rouge de la mienne. (Elle en avait quelques paquets dans le fond de son sac.) Je me taisais. Elle aussi. En tout cas, tu es impénétrable, ai-je poursuivi. Si je fais silence, ZsaZsa, me dit-elle alors, ce n'est pas parce que je cache mes pensées, mais parce que j'ai trop de pensées. Serpent peut être très méchant. Il coupe les doigts. Il coupe les bras. Je ne suis pas sûre qu'il ne me cherche pas. Et elle ajouta : Et maintenant, ZsaZsa, arrête, je te prie, de me prendre pour une traîtrise.

Alors, elle m'annonça que dans un jour ou deux, pas plus, le danger qu'elle redoutait se serait éloigné car elle s'était préparé une bonne cachette pour recommencer encore une fois une nouvelle vie. Qu'avant de quitter Le Havre, elle avait loué un petit studio perdu au fond d'une banlieue perdue près de Paris. Il serait libre le 19 août. Le 18, je repars. Je lui ai répondu : Tu aurais pu me dire ça plus tôt. Je me serais sentie rassurée. Je ne pensais pas que je vivrais jusque-là, m'a répondu Sayo, rêveusement. Mais enfin, qui te poursuit ? ai-je répliqué. Je ne croyais pas du tout à un corps asiatique, lancé à notre poursuite, furieux, musclé, tatoué partout. Un Yakusa ? Elle m'avait reprise : Tu es vraiment française ! Ne dis pas Yakusa, mais Yakuza, tu entends la différence ? Mais moi, malgré ses dénégations, je ne la croyais pas tout à fait. Ni dans un sens ni dans l'autre. Elle en faisait trop du côté des tueurs sur ses talons.

11

C'était, d'après la carte IGN, une métairie nommée La Survivance. Nous l'avions enfin atteinte. Là non plus, personne. Nous sommes entrées par une fenêtre aux vitres brisées. Des orties nous ont brûlées au passage. L'intérieur avait été vandalisé, à demi vidé. Une maison pour enfants, aurait-on dit, ou pour des gnomes, ou pour des gens anciens, petits, mal nourris, d'il y avait deux siècles, mourant à trente ans, vingt centimètres de moins que ceux d'aujourd'hui. Nos têtes touchaient les plafonds. Sous le toit, se déployait un fenil vaste et très haut à demi rempli de cartons empilés, certains éventrés, laissant à nu leurs livres dont les voleurs n'avaient pas voulu. On aurait dit *La falaise aux livres empilés*, le paysage peint par Zhao Zhiqian, encres et couleurs, que j'avais en avril dernier visité par images, via le Net, au musée Cernuschi à Paris. On ne savait pas si c'était des livres ou des crânes, un peu normal, puisque les bibliothèques ne sont que des ossuaires, et que les ossuaires ne sont que des bibliothèques, livres uniques d'une vie unique, écroulés, entassés. Et voilà que dans ce fenil, je me retrouvais face à la peinture de Zhao Zhiqian. Et même dedans. Un endroit pareil, cela aurait plu à Thomas, des livres en abondance, des crânes en abondance, assez pour y passer mille vies.

Thomas et moi, nous nous étions rencontrés dans le parc de la Cité universitaire, le 11 août 1999, un jour d'éclipse, ce moment où le monde s'évanouit et où les histoires d'amour, on le pressent, vont s'évanouir elles aussi. Thomas, pour l'ironie des situations, on ne fait pas mieux. Il avait donc choisi le jour d'une défaite annoncée pour m'aborder, vers midi, alors que le soleil était entièrement occulté par le passage de la lune. Une étrange lumière de cinéma flottait. J'étais penchée sur le sable d'une allée, scrutant les petits croissants de soleil qui filtraient par le feuillage d'un bouleau, et qui s'y imprimaient. « C'est le dispositif photographique le plus simple qui soit, celui du sténopé, me dit une voix. Un trou minuscule laisse passer l'image et l'impressionne sur le sol de sable fin, continuait la voix. Et il y a autant de croissants de soleil que de trous dans le feuillage, poursuivait encore la voix, mais à l'envers. » Je ne m'étais pas relevée, et nous avions suivi, sans nous regarder, le décroissement puis l'accroissement des quartiers de soleil à nos pieds. Quand la lumière était revenue, nous nous étions assis dans l'herbe et nous avions parlé nature, parce que je m'étais demandé à haute voix si le phénomène que nous venions d'observer était lié à l'essence de l'arbre, à l'exiguïté singulière des trous de son feuillage, et de là, j'avais poursuivi, disant qu'il y avait aussi des différences dans le chant du vent selon les arbres qu'il traversait, et seulement une heure plus tard, Thomas avait parlé de ce qu'il connaissait, lui, parlé littérature. Malgré l'éclipse, notre histoire avait bien commencé, et nous étions restés longtemps ensemble.

Je repensais donc à Thomas, un garçon pas si mal que ça, hanté en permanence par les bibliothèques, par leur énorme surmoi, et je me disais que ça lui aurait plu, cette métairie. Et l'histoire aussi de ses derniers occupants, un couple de libraires qui s'y était réfugié avec une ânesse et tous leurs livres, d'après ce que nous avait raconté le fermier chez qui nous nous étions arrêtées, Sayo et moi, pour acheter du lait, de la crème et des œufs avec le peu d'argent liquide en notre possession, et qui nous avait indiqué le chemin de la métairie que je cherchais.

12

Au pied de la falaise de livres, nous avons découvert un canapé dont le velours rouge était voilé de poussière. Sayo s'y assit aussitôt, sortit son carnet et son Bic bleu, et se mit à écrire avant même de penser à manger. Moi j'avais faim. Sur un petit feu de brindilles rassemblées à même le sol de la cuisine, j'ai préparé des sortes de crêpes, sans huile, dans une poêle qui se trouvait là, avec la farine d'un paquet percé, et avec la crème et les œufs achetés, et des framboises cueillies le matin. En échange, Sayo me tendit le feuillet qu'elle venait de griffonner.

CdG Robe à bosses

Elle est à damiers noirs et blancs comme un jeu d'échecs.
Elle est bossue par endroits.

Quand on l'enfile, les bosses restent sur le dos, sur le ventre, les hanches.
Cette série me rappellera toujours les danseurs de Merce Cunningham dont les costumes disaient que la vie n'est qu'une série de bosses contenant le vide absolu.
Il faut du courage pour porter cette robe.

Je lui ai dit : Ma chère petite Sayo. Elle a répondu : C'est presque la fin. On est presque à la fin. Et je suis encore vivante.

Beau temps ininterrompu jour et nuit.

Sieste à minuit, dehors.

À l'aube du 10 ou 11 août, je ne sais plus, nous avions autant de framboises que nous voulions, mais rien d'autre, plus de cigarettes, plus d'argent liquide pour voir venir. Pas de portable. Sayo avait laissé le sien au Havre, me recommandant, à son arrivée, d'enlever sa puce du mien. Il fallait tenir encore huit jours et le danger serait passé. J'aurais voulu aller à un distributeur, plus bas, retirer du cash, en refiler à Sayo pour ses premiers temps à Paris qui s'annonçaient durs, et faire les courses. Mais je ne voulais pas la laisser seule. Et comme je crevais de faim, je me mis à fouiller La Survivance.

Découvert cinq grandes boîtes en métal. Dedans, des grains de riz. Intacts. Encore deux jours.

Je laissais Sayo à l'abri de notre cachette pour sortir au grand soleil, courir à pas élastiques sur les mousses qui s'étendaient à l'infini. C'étaient d'anciennes tourbières, exploitées au siècle précédent. Elles semblaient être habitées, l'étage en dessous, par je ne sais qui.

Une nuit, j'ai entraîné Sayo. Nous passions entre des pins qui nous giflaient, quand un flash s'alluma. On s'est tassées sans bouger jusqu'aux premières lueurs. Là, j'ai reconnu (pour l'avoir vu dans un catalogue chez Marguerite) un détecteur photographique de mouvements à infrarouges, capable d'envoyer de nuit comme de jour des SMS à son propriétaire. Le nec plus ultra de la surveillance du territoire. Son boîtier en plastique camouflage était fixé à un tronc. Nous sommes alors reparties en sens inverse sans repasser devant lui. M'est revenue l'histoire de la Bête des Vosges. C'est elle qu'on voulait piéger sans doute. Ce qui s'est confirmé quelques kilomètres plus loin, quand nous sommes tombées sur trois brebis égorgées, déjà gonflées, trois charognes noires de mouches, et ça sentait horriblement la destruction. *Je vous dis que ça sent la destruction.* Moi, ça me plaisait assez que le Mal avec un grand M rôde dans la Nature avec un grand N. Qu'il ne soit pas réservé aux humains. Il est ce qui rend la vie intense comme une course-poursuite, ce qui lui donne son prix. Ne pas se laisser rattraper.

Qu'y avait-il entre Sayo et moi ? De l'affection ? Bof, non. Ce n'était pas notre genre. Deux filles secrètes, voilà ce que nous étions, l'une et l'autre, deux filles fermées à double tour, au bout d'un escalier dérobé. Et pourtant, quelque chose de plus profond que l'affection nous liait, nous a liées d'emblée. Mais c'était implicite, souterrain, phréatique. Immense et désaltérant. Noir. Jamais je n'oublierai Sayo. Cela ne se manifestait pas quand nous nous regardions ou quand nous nous parlions. Mais quand nous marchions l'une derrière l'autre, aussi étirées que nos ombres parmi les ombres. Ou quand nous faisions halte, épuisées, assises sous les frondaisons d'une forêt de feuillus, sous leurs fronts pensifs, nous-mêmes pensives. Et surtout, quand nous suspendions notre respiration, ensemble, brusquement sorties de notre sommeil en plein jour, et qu'ensuite nous restions sur le qui-vive, avec un effroi contenu mais glacé, longtemps, malgré l'air brûlant au-dehors.

13

Bougies allumées. Romans ouverts.

Nous manquions de cigarettes. Elle avait fouillé son sac, y avait encore déniché un paquet de tabac à rouler, mais pas de papier. Elle a dit : Ne t'en fais pas. Je l'ai vue sortir son dictionnaire français-japonais, un *Taishûkan* relié de moleskine noire, imprimé sur papier bible, et l'ouvrir aux dernières pages, et comme celles-ci étaient déjà bien découpées, l'ouvrir plus avant, et tailler dans le texte, à l'aide d'un minuscule cutter, des languettes de papier.

Je lis. Elle pianote dans le vide, très concentrée, mains quasi immobiles, doigts agités le long d'un clavier invisible, corps qui se plie et se déplie.

Une fois, ayant sans doute oublié ma présence, elle agitait les doigts devant elle, sur rien, à toute allure. Tu joues du piano ? ai-je demandé, quand elle s'est arrêtée. Oui, a-t-elle dit. Quoi ? *Le clavier bien tempéré,* livre 1, de Johann Sebastian Bach, prélude 16 en sol mineur, a-t-elle répondu. Tu n'as pas reconnu ? Tout de même pas en n'entendant aucun son, réfléchis un peu, tu exagères, ai-je dit. Mais comment est-ce possible ? ai-je ajouté. Alors elle a murmuré : Je ne t'ai jamais raconté ? Je ne t'ai jamais dit ?

Je lui ai répondu : Je ne vois pas de quoi tu parles. Et elle, murmurant toujours : Je ne t'ai jamais dit que j'avais été une enfant pour laquelle j'ai encore beaucoup de pitié ? Au moment même je m'en suis souvenue. Oui, en effet, elle m'avait écrit ressentir une sorte de pitié pour l'enfant qu'elle avait été. C'est alors que Sayo me confia qu'elle était restée, très longtemps, une enfant muette. Qui refusait de parler. De manger. Qui avait voulu se tenir de l'autre côté de la frontière qui la séparait des humains, lesquels s'adressaient à elle comme à une demeurée alors qu'elle comprenait tout mais ne répondait à personne, sauf parfois à sa mère. Mais qu'est-ce que tu regardes ? lui demandait sa mère. Je regarde un rêve, répondait Sayo. Je regarde un *yumé*. *Yumé o miru*. Et elle se taisait à nouveau pour une semaine. On l'avait mise à l'école maternelle. Elle n'avait pas davantage parlé. Les maîtresses s'étaient inquiétées. Un jour, elles lui firent passer un test. On l'avait placée dos à un piano. On était parti du mi et elle avait su le chanter en écho. Et on avait continué avec toutes les autres notes vers le bas, et toutes les autres vers le haut, et elle les avait chantées, révélant une oreille absolue. Alors ses parents lui trouvèrent un professeur de musique. Son père qui avait une petite entreprise de surimi, et sa mère qui vidait les gros poissons fuselés, posés devant elle sur une table, lui achetèrent un piano. Au milieu des entrailles répandues, Sayo jouait Bach. Puis son père mourut et le piano disparut. Elle en avait gardé une terrible nostalgie et commença à fuguer. À l'école, ça n'allait pas. Elle était un cancre. Au bar, elle avait retrouvé la musique, elle aurait pu mourir dans la musique, son seul pays. Je n'avais pas la liberté, là-bas, mais j'avais une liberté, dit-elle, comme si elle devinait à quoi je pensais.

L'émotion qui m'a prise, je tremblais, je m'en souviens. Je tremblais vraiment comme d'une révélation. J'en avais froid dans le dos. Tu es un poète, lui ai-je dit, tu es un poète. Dans son sac, Sayo prit un carnet, son Bic bleu, et se mit à écrire. Je l'ai laissée. Un peu plus tard, elle me tendit le carnet.

CdG Veste à quatre manches

Elle est en satin blanc, à quatre manches.

Quand on l'enfile, les deux premières se transforment en jambes un peu trop courtes.
Les deux autres restent des manches d'une énorme largeur où se perdent les bras.
Sa collerette ? Un large ruban plissé.
En réalité, c'est une fleur de magnolia.
Ne croyez-vous pas ?

C'est mon dernier vêtement, dit Sayo. Il était le plus important. Je le portais le soir de la Fête de la Fin. J'étais devant le bar. Il avait neigé sur les motos. Quelque chose que je ne comprenais pas arrivait droit sur moi. Quelqu'un m'a photographiée. Elle tira une photo de son portefeuille, me la tendit.

Sayo se tient devant le bar. Elle porte une veste large et blanche, satinée, à collerette plissée, et un pantalon large et blanc, trop court. Je m'étais faite plus ou moins aux vêtements mis aux enchères par Sayo, chacun une page de sa vie, un chapitre, un moment, je ne sais pas, un drame, une fête, une humeur, un miroitement, une exigence, chacun futile et fatal, mais celui-ci irradiait quelque chose qui m'a fait trembler à présenter ainsi, frontalement, son ramage tellement langue des oiseaux venue d'ailleurs ; ou tellement *Gilles* de Watteau, gauche, les bras ballants, pure surface nous opposant son hors-champ en plein centre : un visage ahuri.

Je n'ai rien pu dire. Elle toussa un peu, comme quand on a envie de pleurer, ajouta : J'ai été une enfant différente. Je ne te l'avais donc jamais dit ?

On mangeait à peine. Elle disait : J'ai dormi comme une biche, et je ne la reprenais pas pour dire bûche. Elle disait : Je suis une fille nocturne, et je ne la reprenais pas pour dire noctambule. Elle disait : J'avais cent huit cartons, c'est le nombre des désirs dont il faut se débarrasser. Au nouvel an, les temples résonnent de cent huit coups de gong pour vous inciter à recommencer votre vie plus légère. Et je le notais. Et je lisais beaucoup, il y avait de quoi et des bougies, tandis qu'elle jouait du piano invisible, m'expliquant qu'il faut jouer Bach sans aucune saccade, comme si vos doigts étaient une seule bougie allumée qu'on promène très vite le long du clavier, un seul souffle de lumière. J'avais fini de la suspecter. Il n'y avait plus de secret. Son secret était qu'elle n'avait pas de secret. Elle était comme moi. Le monde s'était ouvert.

La lune. Dans l'autre sens.

La lune était revenue. Le front du p du *premier quartier* de son crâne augmentait jour et nuit.

14

Les cigarettes sont bonnes dans le grand vent.

Nous allions attendre l'aube sur les crêtes, au-dessus du vide. Une fois elle m'a dit : Écoute je te joue le 22e prélude en si bémol mineur, toujours du livre 1. C'est une montagne. Il faut le jouer sur une montagne, en miroir. Et voilà la fugue, dit-elle, un peu plus tard.

Le matin du 14 août, j'ai rejoint Sayo qui aimait y grimper avant moi. Elle ne tourna même pas la tête en entendant le chuchotement de mon pas à travers les herbes. Elle était opaque. Un rocher. Silence. Un peu plus tard, elle me souffla : Qu'est-ce que j'ai fait de ma vie ? Je me demande si j'ai déjà une fois réfléchi à ma vie et je me réponds non. En bas le lac, à pic. Le monde entier autour de nous bleu-vert, presque indigo. Moi, j'observais le faucon des rochers, un petit crécerelle, qui s'élevait déjà et descendait à la verticale, le long de la falaise, si étrangement figé qu'une seconde j'ai cru voir un drone, avant qu'il ne fuse à l'oblique, d'un roux éclatant, vivant, et il jouait avec l'air, et le bout seulement de ses ailes frémissait, et c'était l'extase d'exister donnée à voir, tellement près de moi, à deux mètres seulement au-dessus du vide.

C'est alors que sur la table d'orientation, en fonte, ronde, installée là au milieu d'un paysage circulaire lui aussi, j'ai trouvé un portable oublié par un promeneur. Je l'ai tout simplement empoché après avoir envoyé un SMS à Thomas : « Excuse mon silence. Je joue une sacrée partie d'échecs. Peux-tu m'aider ? Il me faut du cash. 800. »

Réponse de Thomas : « Où es-tu exactement ? J'arrive. »

Je lui ai donné rendez-vous le lendemain, jeudi 15 août, à la terrasse d'une ferme-auberge. J'attendais avec impatience son humour dans les situations graves. Il titubait. J'ai l'impression de conduire encore, dit-il, tellement j'ai fait vite et sans pause. Il a commandé deux parts de tarte aux myrtilles. Il m'a demandé ce que j'avais fait de mon année au Kamtchatka. J'ai éludé. Lui a su merveilleusement dévier encore plus, dérouter la peur. La mort. Ce fut un moment super-léger, ébouriffé, esbroufeur. J'ai fini par lui parler de Sayo. De notre fuite dans les Vosges. Avec mafia à nos trousses. Mais une mafia invisible, peut-être bien imaginaire. On s'est rencontrées par hasard, par le hasard le plus total, le plus innocent, toutes les deux, sur le Net. Thomas répondit qu'il préférait la désinvolture du hasard au malaise de la civilisation. Il avait changé. Rajeuni de vingt ans.

Tandis que nous bavardions, une moto passa lentement, au pied de la terrasse de l'auberge. Elle glissait en lévitation sur le ruban noir de la Route des Crêtes. Elle faisait peur tellement elle était étrange. Elle intensifiait l'espace, le dilatant d'émotion. Je retenais mon souffle. J'ai arrêté de respirer, ouvrant la bouche de stupéfaction.

Thomas m'a dit : Si tu te voyais ! On dirait « Dracula as a writer ». Il a sorti son téléphone, m'a fixée une seconde, m'a tendu le résultat, et j'avais en effet les dents, la langue, le palais de la langue noirs d'encre bleue. Tout simplement parce que les baies de myrtilles, cuites, vous colorent la bouche en bleu. Mais j'ai fait mon importante, je lui ai dit ! Oh ! ça ne m'étonne pas, j'adore prendre la vie de quelqu'un, m'en nourrir, m'en délecter. Je suis un monstre. Ha ! Ha ! Ha ! Ha ! Ha !

Il a eu l'air dégoûté mais il est resté encore un long moment avec moi, puis il me fila seize billets de 50 et se leva pour repartir. Un instant il ôta son Stetson, et tel quel, sa *tête d'orage* lisse, magnifique, il me fit une série de grimaces épouvantables, mais pas celle du néant, remit son chapeau, rassembla ses affaires et disparut.

15

À La Survivance, Sayo n'était plus là.

Il ne restait d'elle que son sac à dos. Il traînait sous du foin, répandu sur des vêtements et contenant au fond Bashô et un portefeuille vide. Quand je suis sortie pour l'appeler, je n'ai vu qu'une immense steppe d'herbe peuplée de petits papillons sombres qui voletaient, égarés, tous les mêmes, presque noirs, comme s'ils avaient été contaminés par le Mal qui les avait effleurés. Une journée, je l'ai attendue, et encore une nuit. Puis, j'ai pris son sac à dos, le mien, je suis retournée à la ferme-auberge où j'ai attrapé un autocar qui m'a déposée au garage. Sans retourner à la baraque, sans dire adieu à Marguerite, je suis repartie vers Paris. Grande chaleur de canicule. Premier quartier de lune. Juste avant d'atteindre l'autoroute, le long hurlement mélancolique d'une moto déchira la nuit comme celui d'une âme traversant la vie.

Je ne saurai sans doute jamais pourquoi on la poursuivait. Ni si on la poursuivait. Ni ce qu'elle est devenue. Elle a disparu. Assassinée ? Enlevée ? Je n'ai pas cherché à le savoir. J'ai voulu garder le vide de sa silhouette découpée aux ciseaux. Par qui ? C'est toute la question. Quoi qu'il en soit, notre rencontre s'est terminée sur une découpure. Sur un manque irrésolu. Je reste évidée moi-même et ne saurais nommer de quoi. À moins que Sayo n'ait disparu comme si elle m'avait congédiée, ce qui est très possible. Va-t'en maintenant. Je t'ai tout donné. À toi de jouer, moi, la suite ne m'intéresse pas. Je me souvenais de la façon dont elle griffonnait ses petits textes, tout en disant : Où est l'importance ? Ce que j'écris est éphémère et je m'incline. Je suis éphémère de naissance.

Qu'elle m'ait fait un pied de nez à la fin était donc très possible. C'était un oiseau impudent, moqueur. Très possible, oui, que Sayo ait préféré l'abîme de la vie (avec son étrange accent circonflexe tombé des cimes) à la littérature. Préféré l'oubli. Le grand Rien. Le Vide. Très possible que Sayo soit repartie, se fichant de ma clé USB autour du cou, préférant de loin l'éphémère – à tout. Choisissant de rester solitaire.

Écrire un roman est un truc très pervers quand on y mêle un ami. Mais était-elle une amie ? Plus que ça. À mon retour à Paris, j'avais cru que j'aurais préféré faire davantage confiance à Sayo, dès le début, ne pas avoir perdu du temps à la suspecter, ne pas l'avoir trahie par mes doutes, et que le malheur n'arrive pas – plutôt que d'écrire ce roman. Je m'entendais déjà parler de la nullité de la littérature au regard de l'amitié perdue, avec des sanglots *romantiques* contenus au fond de ma voix. Mais plus profonde que les sanglots, quelqu'un à l'oreille fine aurait aussitôt perçu la jouissance *romanesque* du vampire, profitant de la trahison, celle de son ami ou la sienne (cela revient au même), pour écrire un roman. C'est délicatement horrible, un vampire. Et c'est délicatement rusé, une proie innocente ou coupable. Et malin. Et retors. Laquelle de nous deux avait été la plus forte ? Un jour, c'était elle qui avait gagné, haut la main. Le lendemain, je pensais non, c'est le romancier et tant pis s'il est infréquentable, car, quoi qu'il en soit, il fallait raconter cette histoire qui est tout ce qui reste de Sayo, ai-je dit à Thomas.

Thomas m'a répondu : Tu sais bien voler la vie de tes amis, ZsaZsa, faire mourir tes personnages, ça devient même ta spécialité. Heureusement que sitôt mort, j'ai ressuscité, où en serais-tu, sinon ? Et il avait presque ri.

Parle-moi encore de Sayo, continua-t-il. Et moi : J'aurais voulu que tu voies, mais tu ne verras pas comment elle ployait sous des ailes disparues, trop grandes, des ailes qui lui avaient sans doute cassé le dos, enfant. Tu ne verras pas comment nous nous taisions ensemble, enfoncées jusqu'au cou dans les jours radieux, qu'est-ce qu'il a fait beau, c'est incroyable. Comment elle avait un visage surgi des *Contes de la lune vague après la pluie.* Comment elle nageait dans les lacs noirs. Comment, tandis que je lisais, elle me disait écoute la fugue qui suit, et ses doigts traçaient une calligraphie invisible. Comment elle avait l'évidence d'une énigme. Tu ne le verras jamais. Tu n'entendras pas non plus son rire corbeau, *Kaa Kaa*. Il est trop tard. Il est si tard déjà pour tant de choses. Elle est sûrement morte.

Alors Thomas m'a répondu : Qui te dit qu'elle est morte ?

12229

Composition
NORD COMPO

Achevé d'imprimer en Espagne
par BLACKPRINT CPI IBERICA
le 19 mai 2019.

Dépôt légal : mai 2019.
EAN 9782290111338
OTP L21EPLN001838N001

ÉDITIONS J'AI LU
87, quai Panhard-et-Levassor, 75013 Paris

Diffusion France et étranger : Flammarion